FRESTELSERNAS BERG

Jonas Gardell

FRESTELSERNAS BERG

ISBN 91-7263-074-4

Norstedts Förlag, Stockholm
Omslag: André Hindersson, Silver
Tryck: Nørhaven A/S, Danmark 2001

***

www.panbok.com
Pan ingår i P.A. Norstedt & Söner AB,
grundat 1823

En Panpocket från Norstedts

1

Sommaren var definitivt över nu. September rasade mot oktober. Hastigt vissnade löven, hastigt kallnade vattnen, till helgen gick man över till vintertid.

Johan var bara på genomresa, hade tillbringat natten i Karlskoga och skulle nästa dag vidare mot Västerås. Inget märkvärdigt med andra ord, allt var som vanligt – hotellfrukost, säljmöte, lunch och iväg.

Vägen låg som ett solblekt grått band över landet, en uträtad gammal landsväg. Här och var 90, här och var 110, här och var en bensinstation.

Här och var en skylt där det stod ”JORDGUBBAR 300 METER”. Men trehundra meter bort fanns inget jordgubbsstånd längre.

En tom rastplats i ide till nästa sommar, inget mer. Inte heller ståndet med de färska kokosbollarna fanns på plats som utlovat.

Sverige är Sverige och sig likt. Skogar och åkrar, nästantomma vägar, ödslighetsbilar, små samhällen där människor lever sina liv. Öcklum, Tuna, Brohult, Kräcklinge. Det lär finnas arton Stockholm i Sverige och ännu fler Täby.

Gula små skyltar som alla benämner vad man far förbi och genast glömmer, som säger: Här finns! Vi finns! Svisch och borta.

Så plötsligt for Johan förbi en skylt där det stod ”Svarttjärn" och en pil åt höger.

Först reagerade han inte, saktade inte ens in. Sedan erfor han en märklig känsla av dröm.

I sina drömmar var han alltid på väg och kom aldrig fram, hastade mellan bil, buss och tåg utan tillåtelse att stanna. De gula eller blå ortsskyltarna angav alla hem som inte var hans.

Någon annans hem var det. Någon med rätt att vila, vara kvar, slå sig ned.

Någon som inte skyggt skyndade vidare.

I drömmen uppehöll han sig ofta i främmande hus som han kallade *hem*, men alltid kom de rättmätiga ägarna och drev ut honom.

Som boskap vidare.

Och nu den gula skylten där det stod "Svarttjärn" och en pil åt höger. Något kom upp ur det förträngda, och det var dröm och verklighet och minne. Inte skulle han till Västerås. Vad hade han där att göra? Han skulle ta till höger här, detta var ju hans gula skylt, hans avfart som andra kunde rusa förbi, svisch och borta.

Han vände bilen och for tillbaka.

Vid den bruntimrade kiosken vek han av och tog in på grusvägen som ledde bort genom skogen och uppslukades. På höger sida skymtade han sjön.

Vattenståndet var lågt, vassen hade ätit ännu ett stycke av den försurade sjön, säkert var fisken helt borta nu, men sjön själv fanns där ännu, helt stilla och blank.

Johan fick en känsla av att sjön hade väntat på honom.

Sakta körde han på grusvägen som ringlade sig fram mellan gamla sommarhus, bergslagsskog och kalhyggen med vildhallonsnår. Medan han körde kom allt tillbaka till honom. Vägens varje kurva kom tillbaka till honom och var hans, hans födslorätt – varje stuga, varje träd, varje sten, den lilla ön i sjöns mitt och sjön själv.

Sjöns mörker var hans mörker, sjöns djup hans djup. Det var hans hemlighet sjön bar.

Självklart följde han den vindlande grusvägen som om dess sträckning fanns beskriven i hans gener.

Och plötsligt var gården där. Mormors gård.

2

Hur länge sedan var det han var här. Tio år? I hela sitt vuxna liv hade han hållit sig undan.

Trängt undan.

Till glömska dömt.

Han parkerade bilen vid vägkanten och klev ur, öppnade den blå sagogrinden till vilken inget staket fanns och gick in på tomten.

Försiktigt klev han. Ta av dig skorna, ty marken där du står är helig.

Där var gräset – grönare och tjockare än varje annat gräs. Där var stenplattorna som bildade stig till storstugans sjösida med glasverandan, där var sandlådan, klätterträdet och vinbärsbuskarna. Under en gran låg den gamla ekan uppburen, borta i skogen kunde han skymta utedasset.

Allt detta tillhörde honom, ändå visste han att de nuvarande ägarna, kusinerna, om de varit där, besvärat skulle följt efter honom och sett till att han ingenting tog med sig när han gick.

Om de varit där. Tänk om de kom. Det var fredag eftermiddag och vackert väder. Visst var det möjligt att de var på väg ut över helgen. Han fick hjärtat i halsgropen och svalde. Hastigt slog hjärtat i honom.

I gräset stod staplar med nytt tegel. Tydligen höll man på att lägga om taket. Annars var huset präktigt förfallet.

Den gula färgen flagnade från väggarna, nere vid lillstugan hade en av de stöttande pålarna slagit sig, och hela stugan hade sjunkit ihop och blivit sned.

Hade de verkligen haft rätt att beröva honom också detta? Han och hans syskon som hade blivit berövade allt. Detta var det sista de hade förlorat.

Den mjuka, alltid lätt fuktiga tallbarren under fotsulorna när man sprang till dasset, den djupgröna mossan på brunnslocket, flaggstången som blixten tog, de tidiga morgondoppen vid lillstugan – hur kunde de andra äga allt detta och inte han?

Varför var deras barndom mera värd än hans?

Det var märkligt detta att veta att han inte hade tillåtelse att vara där han var, att han smög som en tjuv omkring på den så bekanta gården.

Han kikade in genom fönstren och såg att därinne var allt som förut. Öppna spisen, mormors gungstol, skåpet med två decenniers årsböcker från Svenska Turistföreningen.

Enda skillnaden var att nyckeln inte låg gömd under verandan så att han kunde komma in.

I gräset vid verandatrappen fann han en gummiboll så billig att de inte ens brytt sig om att ta in den för vintern. Han kände igen den. Det var hans mor som en gång köpt den till honom. Den var hans.

Tjuvar var de, inte han.

Orättfärdiga.

Så mindes han att lillstugan nere vid vattnet inte gick att låsa ordentligt. Han gick genast dit. Eftermiddagssolen låg på och värmde, men svalorna hade lämnat sitt bo under lillstugans taknock. Som barn hade han doppat sig här varje morgon så tidigt att ingen annan var vaken. Sedan hade han suttit uppkrupen på räcket och funderat över tillvaron medan solen sakta började värma och det blev dag. Regniga dagar satt barnen i lillstugan och spelade monopol. När vattnet var högt kunde man fiska från verandan. Men så högt steg aldrig vattnet numer.

Lillstugans dörr var enkel att öppna, simsalabim, det var bara att ta i en aning. Var detta ett inbrott eller inte? Han visste inte. Det var dröm och verklighet och minne.

Svarttjärn var lukter, lukter av kallfuktig källare, lukter av kokande vatten i köket, av mormors tambur, blöt tallbarr efter regn. Hur tog man med sig lukter därifrån?

Där hängde en tavla på väggen i lillstugan. Utan att blinka tog han den, svisch och borta. Han var en undflyende ande, helt genomskinlig, hur skulle de kunna hitta honom? Hur skulle de kunna gissa att det var han som smugit omkring på mormors lantställe? Om han nu var till osynlighet gjord så var det också ett vapen som han kunde vända emot dem.

Med hjärtat bultande av hämndbegär småsprang han ned till utedasset och tog också tavlan som hängde där.

Mina! tänkte han, mina! och kramade tavlorna hårt.

För allt i världen, bilderna var inget värda. Billiga reproduktioner från tidningar. Den ena föreställde en lägerplats i skogen. En ensam man satt vid elden utanför sitt tält, en älv rann nedanför honom och i vattnet glittrade skenet från en kycklinggul fullmåne.

Den från utedasset var ett ganska vanligt förekommande tryck och föreställde två nakna barn bakifrån, en pojke och en flicka som värmde sina händer vid en öppen spis. Elden kastade sitt ljus över det i övrigt mörka rummet och färgade barnens konturer röda. Det ena barnet satt, det andra stod, båda hypnotiserade av brasan.

Dessa två tavlor tog han med sig.

Och bollen.

Sedan for han därifrån, lämnade mormors stuga åter till kusinerna, lämnade sjön att vänta, visste att den skulle vänta, för den var hans, hans födslorätt, visste att han en dag skulle komma tillbaka, för att han måste, och till dess skulle sjön ligga kvar.

Världen är oändligt stor, detta var den fasta punkten, hans vatten, hans gula skylt.

Svisch och borta.

3

På tavlan som föreställde en lägerplats i skogen hade någon skrivit på baksidan med blyerts: ”Denna tavla tillhör mig. Jag har vunnit den på lotteri som juniorföreningen hade för länge sedan. Jag har själv tiggt ihop den för lotteriets räkning hos Bollings. Klunkhyttan den 12.7.1944, Görel Nielsen.”

Nästan femtio år sedan. Hans mammas yngre syster. Ett barn som utropar till sitt. ”Denna tavla tillhör mig.” Envist, bestämt, nästan tjurigt. 4:50 hade tavlan kostat. Det stod angivet i övre vänstra hörnet. 4:50 kr. En förmögenhet för ett barn.

”Jag har själv tiggt ihop den...”

Som ett barn äger utan att förstå att det inte är hennes. Som ett barn som inte kan ana att ingen kommer att bry sig om den där ängsliga vädjan i blyerts när det kommer till kritan.

För sedan kommer kriget – eller revolutionen eller skilsmässan eller fattigdomen eller svälten eller sjukdomen eller plundrarna, och där står barnet, kramar sin tavla från juniorföreningens lotteri i famnen och viskar: ”Denna tavla tillhör mig!”

4:50 kr, en ensam man som sitter vid elden utanför sitt tält, vid älven där den kycklinggula fullmånen speglar sig.

Undan det. Svisch och borta. Floden sveper med sig

vad floden vill, vad barnet än säger – det ska tas ifrån henne.

Nu var tavlan i Johans ägo. Baksidans besvärjelse hade inte hjälpt.

4

”Jo, Görel. Baksidans besvärjelse hjälpte. För barnets skull. Det barn som en gång skrev det där i blyerts, det barn som var oändligt stolt över att ha lyckats tigga tavlan från Bollings och sedan själv vinna den i juniorföreningens lotteri, det barn som jag inte har rätt att göra illa.

Här har du tavlan tillbaka.

Så handlar jag rakryggat.

Nu vill jag av er familj att ni ska göra detsamma.

När far lämnade oss tog han allt. Först huset i Sollentuna, sedan Mörnö, till slut lämnade han oss arvlösa. Återstod av vår barndom gjorde Svarttjärn.

När släkten bestämde sig för att sälja satte vi oss emot. Svarttjärn var det enda vi hade kvar, och just då hade vi inte råd att köpa. Så gick det ändå till tvångsförsäljning och vi gick miste om det sista, och ni köpte, ni som redan hade andra hem.

Och i varje ögonblick av nederlaget drömde jag som barn att köpa tillbaka, att ställa till rätta. I mina drömmar förde jag mamma till huset med förbundna ögon och blomsterkrans i håret, och på husets framsida hade vi spänt en banderoll där det stod VÄLKOMMEN HEM! och alla festade och var glada, och jag fick mamma att åter tro att alla i världen inte var onda.

Detta drömde barnet om.

För barnets skull, och för mina brorsbarns skull, för att ge de små skilsmässoungarna som flyttar mellan olika mammor, pappor och lägenheter en fast punkt, en konstant, en gul skylt med pil åt höger, ett vatten som är deras och som ingen tar ifrån dem, för att ge dem detta vill jag nu köpa Svarttjärn.

Nu har jag mer pengar. Jag betalar vad det kostar. Jag bekostar renovering. Ni får gärna nyttja huset också i fortsättningen när vi inte är där, men jag vill köpa det.

På detta vill jag att du svarar.

Med vänlig hälsning

Johan Gustafsson”

5

Det retade Johan att svaret dröjde, att september hann bli oktober utan att något hände.

Regnade gjorde det oupphörligt. Som om planeten ännu var ung och danades, som om detta var ovädersdygn från tidernas begynnelse då haven ännu behövde fyllas med vatten för att bli till hav.

Nu steg vattennivån i hans sjö därborta i Bergslagen.

Tusentals vassa projektiler perforerade sjöytan. Om han hade varit där, om han hade varit liten skulle han ha suttit på glasverandan och sett ut över sjön och den tomma badplatsen på andra sidan. När det slutat regna skulle han gått ned och tömt ekan. Det var hans göra.

Mormor skulle ha suttit i gungstolen och omsorgsfullt bränt upp allt papper som kommit i huset – tidningar, omslag och förpackningar – som hon samlade i en apelsinlåda tills det var dags.

6

Så kom plötsligt brevet. En dag bara var det där när han gick igenom den post som samlats på hög under den senaste säljrundan i landet.

”Johan Gustafsson, Elsa Borgs gata 19, 126 65 Hägersten” stod det på kuvertet. Det var ett meddelande från samma hand som en gång skrev med blyerts på tavlans baksida: ”Denna tavla tillhör mig.”

Fyrtioåtta år hade gått sedan dess. Barnet hade vuxit och blivit tant. Mindes tanten barnet ännu eller var tanten bara tant?

Johan stirrade på kuvertet. Ett stort kuvert, ett tjockt brev, porto 5:50 minsann. Han vågade inte öppna det. Vad det än innehöll skulle han bli upprörd, han var redan upprörd, han lade brevet ifrån sig.

”Johan Gustafsson, Elsa Borgs gata 19, 126 65 Hägersten.” Så känslolöst skrivet mitt på kuvertet. Nästan som ett hot. Kuvertet var förresten återanvänt. Inte ens ett nytt kuvert ville mostern kosta på. Genom kuvertets fönster såg han att mostern skrivit på kollegieblock. Så snålt. Till och med brevets frimärken lyckades han reta upp sig på. Bilder från svensk bruksindustri: Stångjärnssmide och vällning. ”Här är vi med våra rötter, våra gula skyltar, vår äganderätt, där är du – ett rö för vinden.”

I tre dygn lät Johan brevet ligga oöppnat. Varje dag betraktade han det länge. På torsdag eftermiddag öppnade han det.

Regnet hade upphört då. Han fattade brevkniven med vänster hand, brevet med den högra, sprättade sedan upp kuvertet, tog fram papperna och läste:

”Danbo Bruk 12/10 -92 ...”

7

”Tack för ditt brev och tack för tavlan. Men tavlan är inte min längre. Det var sagt att man skulle hämta det man ville ha från Svarttjärn inom en viss tid. Jag har inte haft en tanke på att hämta den, så nu hör den till Svarttjärn, 4:50 kr hit och 4:50 kr dit.”

Om och om igen läste han de raderna. De var liksom stängda. Som marken innan tjälen gått ur jorden. Inga ingångar fanns.

Men han förstod att det var en avrättning.

En äldre kvinna som slaktade två barn.

Dels det barn som fyrtioåtta år tidigare skrivit med blyerts på tavlans baksida: ”Denna tavla tillhör mig”, och dels det barn som såg sin familj förlora allt, och som sedan varje dag och varje natt irrat vilse i sina drömmar om att få köpa tillbaka och ställa till rätta.

Underkända barn.

Nästan som om de aldrig existerat.

Såsom de dödfödingar som ibland skymtar fram på forna tiders familjeporträtt.

Såsom i dimma, såsom gengångare, såsom gagnlösa påminnelser om något för alltid borta.

Till glömska dömt.

4:50 kr hit och 4:50 kr dit.

8

”Det var intressant att få läsa ditt brev. Det var vackert och medryckande skrivet. Det jag inte förstod var varför du var ängslig för att kusinerna skulle dyka upp. De skulle istället varit glada att träffa dig och få visa vad de uträttat. När jag sedan läste i brevet att du vill köpa Svarttjärn, blev jag lessen. Har inte samtalen i samband med försäljningen nått fram till er barn? Vi bestämde att vi fem syskon Nielsen skulle rapportera till respektive barn. Nu får jag berätta för dig och nu är det för sent. Vi fem syskon var samlade här för att diskutera Svarttjärn. Vi (utom Maria) klarade inte att se Svarttjärn förfalla och såg ingen möjlighet att fortsätta samäga (nu är vi över 50 pers).

Maria höll en monolog i över en timme, då ingen fick avbryta henne. Hon berättade vad Svarttjärn betytt för henne och för er och hur underbart det varit då ni varit tillsammans på Svarttjärn. Hur hon bott i mammas rum och känt sig som mamma. Ja, det var mycket. Vi var alla gripna då vi lyssnade på henne. Under talets gång fick jag samma tanke som du nu har. Den var fantastisk. Tänk om *ni* kunde ta över Svarttjärn, om det kunde bli er gemensamma fasta punkt i livet. Då kanske bitterheten över skilsmässan, över att ha förlorat Sollentuna och Mörnö skulle förblekna. Då kanske Maria skulle förstå att detta att vi ville sälja Svarttjärn inte var av elakhet utan rent sakligt. Hon skulle förstå, som du så fint skriver, 'att alla i världen inte var onda'. Jag fylldes av en sådan glädje och hoppades att förhållandet till Maria skulle bli som förr.

När hon slutat tala, sa jag: 'Maria, tänk om Svarttjärn kunde bli er fasta punkt på jorden – ni *får* min del.' Erika fyllde i: 'Ni *får* min del också.'

Där bröt Maria av och sa ivrigt: 'Nej nej, det går inte. Det är omöjligt, ingen av oss har möjlighet att klara av Svarttjärn.' Bröderna hann inte säga något om sina delar. Men redan hade hon sin, Erikas och min del. Varför bad hon inte att få tänka på saken? Ni barn hade kanske vågat satsa. Hon kunde ha tagit emot våra delar som gåva, med förbehåll att betala igen ifall er situation förbättrades. Därför gör det så ont i själen då du talar om att ha 'blivit berövad allt detta'.

Det var den 3:dje okt -87. Fram till årets slut skulle barn och barnbarn anmäla sitt intresse att ta över Svarttjärn. När våra söner anmälde sitt intresse att köpa var P-O och jag på vår första jordenrunt-resa. Hur vi reagerade kan du se i mitt brev till Maria. Pojkarna visste min inställning, att jag inte ville äga Svarttjärn, men för att hålla nere priset skulle de slippa lösa ut mig. Filip, som bor i Kalix, kunde inte bli delägare, eftersom förutsättningen för att äga var att kunna dela det praktiska arbetet. Skulle han i framtiden flytta söderut skulle min del finnas kvar för honom att lösa. Men Maria sa absolut nej, i så fall skulle hon inte skriva under. Jag vek mig och gav min del som gåva till Esbjörn, Andreas, Mikael och Konrad. Filip kunde ju inte *få* nånting och inte arbeta. Efteråt ångrade jag mig, att jag låtit henne tvinga mig till det. Hur skulle hon ha känt att utestänga ett av sina barn? Men nu är det som det är.

Jag är med glädje på Svarttjärn och har inte en tanke på

att jag inte äger det. Jag gläder mig över att se hur pojkarna och deras familjer trivs och arbetar. Det är också *deras* mormor – och sommarminnen. De får ta arbetet i den takt de klarar av. Du tyckte att det var förfallet, hur skulle det då ha sett ut utan deras arbete? De har bytt taktegel och annat som behövde bytas, plåt och dylikt. De har huggit ned häcken, ett enormt arbete och en massa att ta rätt på. De har haft en man som med maskin tagit bort alla stubbar och rötter. Nu i höst har de planterat ny granhäck. Sommaren har varit jobbig med fri insyn och damm från vägen. Det tar tid innan den nya häcken skyddar. De är duktiga att arbeta och har mängder av planer. De skall bl.a. ta bort tvättrummen mellan sovrummen för att få större rum. De skall också flytta trappen för att få större kök. Men det dröjer.

Det är en fin tanke du har, att köpa er något gemensamt för barnens skull. Är det omöjligt att köpa tillbaks Mörnö? Där minner ju också timret om skogen kring Svarttjärnen, 4/5 en gåva från syskonen. Det vore att slå två flugor i en smäll.

Det vore roligt om du kunde komma hit, så att vi kunde talas vid. Det här är antagligen fakta som är nya för dig. Det som också gjort oss lessna är att Maria föredrog att tro på Ernst då han sa till henne att vi syskon pratat 'skit' om henne. Han som grundlurat henne så, varför trodde hon hellre på honom än på oss? Det finns massor att säga, men jag stannar här. Du får pojkarnas adresser så du vet var de finns.

Välkommen hit.

Görel

Per-Otto hälsar."

9

Svaret Johan i ursinne skrev men aldrig skickade till sin moster:

”Tragedier har vi varit igenom, också katastrofer, men vi är inga tiggare och inga hjon. Skamlöst handlade ni, inte vi. Stå för det ska ni också få göra. Så får det även vara er dom.

Du skriver att du blir så *glad*, du skriver att du blir *gripen* och sedan så *lessen*, så fint att du hyser så många känslor, vad som återstår för dig att erfara verkar vara hat.

Ska jag lära dig det?”

10

”Nej, Görel. Vi barn fick aldrig reda på att det en gång i historien fanns en möjlighet att ta över Svarttjärn. Vi visste att det var till salu, men inte att du och Erika var beredda att ge oss era andelar.

Om mamma berättat för oss att du och Erika avstod era delar (vilket ju skulle ha fått ned priset avsevärt) skulle jag genast nappat, redan då skulle jag nämligen ensam ha klarat av att betala resten.

Detta måste jag naturligtvis sörja:

Min stackars dumma lilla mamma som tvingats igenom så mycket ont.

Mamma har mistat mycket, men det ska också sägas att ofta har hon inte förstått att ta vara på de möjligheter som faktiskt kommit i hennes väg.

Men med de tragedier mor har bakom sig måste man förstå att det var svårt för henne att se och tänka klart. Att ni över huvud taget *lät* henne avböja Svarttjärn kommer jag aldrig att förlåta er. Om hon var blind av sorger och elände, varför var ni inte hennes ögon?

Och om ni var så fyllda av kristlig kärlek, varför skulle det vara för sent nu?

Men det kanske det är. Det kanske man inte ska älta. ’Jag är rädd att jag började drömma om lycka för sent’, skrev en rysk poet en gång. Så är det måhända. Jag får väl lämna det därhän.

Jag har ofta tänkt att vi skapar nya rötter nu när de gamla rycktes ur jorden.

Men det är inte helt lätt att börja om, ska du veta, dessutom är det dyrt. Svårast är emellertid att döma till glömska.

Därför undrar jag om jag kanske någon gång kunde få hyra mig någon vecka eller två på Svarttjärn.

Jag betalar naturligtvis vad det skulle kosta.

Två villkor har jag: det ena är att det måste vara så varmt i vattnet att man kan ta ett morgondopp och sedan fundera över livet på lillstugans veranda, det andra – och det är svårare att skriva för jag måste verka elak – det andra är att jag vill få vara ensam där. Jag vill inte alls bli kringvisad av glada kusiner, jag vill helst inte tänka på er alls.

Jag har alltid varit rädd för dina barn – utom Konrad.

Ditt brev till mamma, som du vänligen lät mig ta del av, andas också, om jag ska vara ärlig, en nästan kväljande självbelåtenhet och präktighet, en blandning av hurtig 'ryck upp dig'-mentalitet och dumhet som jag kan förstå att mor måste värja sig mot i sin undergång.

Dessutom gör det fortfarande ont att tänka på hur ni syskon svek mor när far lämnade henne och oss.

'Vi svek inte!' säger du.

'Ni var inte där!' säger jag, för jag var där. Jag och Leif var de enda som var där.

Då räknade jag med er. Varför vet jag inte.

Jag och Leif var där. Alla andra svek. Så obarmhärtigt dömer barnet.

Och för detta anklagar jag er. Att ni svek så grundligt, detta svider i mig när jag tänker på det, därför vill jag helst inte tänka på det.

Orättvist eller inte – det får du leva med. Nu har jag

varit ärlig.

Men om det som sagt – trots detta – skulle finnas en möjlighet för mig (och Leif och Björn och barnen) att någon gång något år få hyra någon vecka på sommaren vore jag djupt tacksam.

På detta vill jag att du svarar, och om svaret blir jakande vill jag veta vem jag i så fall skulle kontakta.

Med vänlig hälsning och tack

Johan Gustafsson”

11

På detta brev fick Johan någon vecka senare ett mycket kort svar. Ett vykort med den irriterade texten:

”12/11 -92

Nej, Johan.

Det är mycket du inte vet. Jag äger ingenting i Svarttjärn. Ring Mikael. Han har hand om det praktiska. Då de vet sina semestertider delar de upp veckorna. Görel”

Vykortet föreställde för övrigt gutefår – ”Sveriges äldsta fårras var nära utrotning på 40-talet. Vuxna djur bär alltid två horn. Upplysningar lämnas av Föreningen Gutefåret, Aspnäset, c/o Edberg, 610 60 Tystberga.”

12

– Vad du dömer andra hårt, sa hon sorgset.

– Det gör jag väl inte? svarade han och visste att det gjorde han.

När han slöt ögonen störtade han dem en efter en utför stupet, mostrar, morbröder och kusiner. Utan att ändra en min såg han dem dö. För deras hårdhets skull, för deras likgiltighet. Öga för öga, tand för tand, han var en sträng domare som utsläckt all kärlek hos sig och dömde med hat.

Så skipades rättvisa med svärd, hur mycket han än talade om att inte döma.

13

I advent fick Johan ett sista brev. Denna gång från Konrad, hans enda jämnåriga kusin. Barndomskamraten. Görels yngste son.

”Hej Johan.

Förut tänkte jag skriva både till dig, Maria och mamma, men jag ändrade mig och nu skriver jag bara till dig.

Jag har alltså sett de två brev du skickat till mamma och de svar hon skickat till dig. Däremot har jag inte sett hennes brev till Maria som du nämner i ditt andra brev.

Som jag ser det gestaltar du i dina brev en övergripande alienation och en specifik situation, nämligen Svarttjärn och vårt köp av Svarttjärn.

Efter läsningen kände jag mig både bestulen och befriad. Dels var gestaltningen av miljön så tydlig att jag kände igen atmosfären, dels var det inte min version. (Det var min bild men lite ur fas, eller: Jag ville inte få mitt Svarttjärn beskrivet, texten är ju faktiskt en rundvisning av Svarttjärn, just den du undanber dig, fast tvärtom.)

Befrielsen låg i en känsla av att vissa saker var förbi. Den intensiva viljan till bevarande: ’Turistföreningens årsskrifter, den blå sagogrinden...’, bevarandet av rummet för ekot av sociala relationer som antingen upphört eller förändrats på gränsen till oigenkännlighet miste sin kraft genom bekräftelsen. Varför? För att jag stod på de anklagades sida? För att alienationen förvridit varje verkligt problem till ett privat problem? Jag vet inte.

Hur som helst har vi alla en stark känsla för Svarttjärn, även om vi inte kan dela den, utan var och en går in i sin känsla.

Desto större anledning att alla känner sig välkomna till Svarttjärn. Vi ska inte utestänga er från den mark som, även om vi äger den, också tillhör er.

Det finns några skäl till att inte dela ägandet.

1. Ömsesidig misstro (beklaglig, men ett faktum).

'Färgen flagnar, präktigt förfallet.' Alla beslut kommer att leda till konflikter. Säkert kommer de båda syskonkullarna att tävla om att 'pissa in revir'.

2. Omständligare. Fler om varje beslut. (Det kan också vara en fördel.)

3. Egoism från vår sida. (Vi har det bra som vi har det. Det fungerar.)

Att du helt skulle köpa över Svarttjärn ger ju bara den omvända situationen. Tanken gör i och för sig er situation tydlig. Det kostar mig inget att beklaga er och kanske väger ett beklagande lätt i det här sammanhanget. Allra mest beklagar jag om vårt ägande av Svarttjärn kommit emellan mamma och Maria. Kanske behöver de varandra. Jag tycker att de två är de som borde tala med varandra och att du borde vända dig till oss.

Det är inte mammas fel att vi äger Svarttjärn. Hon beklagar det säkert inte, men det är inte hon som ligger bakom.

Med hopp om försoning

Konrad"

14

”Hej Konrad. Tack för ditt brev. Det var värst vad ni tycker om handskrivna brev i er familj.

Du skriver: ’Befrielsen låg i en känsla av att vissa saker var förbi. Den intensiva viljan till bevarande...’

Jag tror väl kanske att den intensiva viljan till bevarande kan bara den äga som inget fått bevara. Den som alltför ofta äter kyckling glömmer lätt att kyckling är gott – varför skulle han behöva minnas något han aldrig saknat.

När jag av en slump kom till Svarttjärn blev jag i sanning fascinerad av att känna mig som en tjuv när jag tassade omkring i min barndom, dessutom stal jag ju på riktigt två tavlor.

Eller vad är att stjäla?

Det fascinerade mig att där stod en enkel blyertsanteckning på en av tavlornas baksida, som ett rop genom åren: ’Denna tavla tillhör mig.’ Och senare smärtade det mig att barnet Görel blivit en gammal tant som inte ens längre kunde höra barnets ängsliga vädjan.

Nå. Varför äger ni Svarttjärn och inte vi? Varför är er barndom mer värd än vår?

Jag måste vara tillåten att ställa frågorna.

Jag kan också svaret: Därför att er mor började att föda barn tidigare än vår mor, er syskonkull var längre kommen än vår och kunde tidigare än vi ta ett ekonomiskt ansvar. Hade det bara varit två tre år senare hade det inte skett. Därför vädjade vi om uppskov med försäljningen. Det fick vi inte, och egendomen såldes. I våra ögon bereddes vi inte samma möjligheter som ni – nå, det var ju synd.

I vuxen ålder försöker jag att ställa till rätta vad som går. Försöka måste jag ju få göra.

Dessutom blir jag förvirrad av din mors tal om kristlighet och medkänsla eftersom jag inte kan se att den skulle ha några konsekvenser. Istället gläder det mig att du nämner 'egoism' som ett av skälen till att inte äga gemensamt. Det är ett enkelt och bra skäl som jag kan förstå och som gör hela saken begriplig.

Du skriver: 'Det kostar mig inget att beklaga.'

Jag skriver: Det kostar mig att bli beklagad. För övrigt är jag ytterst lite beklagansvärd. Jag lever ett sällsynt bra liv.

Men det har varit både bra och nyttigt för mig att röra upp saker och ting från det förflutna den här hösten. Svarttjärn var inte det enda, ska du veta. Jag är lyckligare nu än innan.

Bland mina fotografier finns en hastigt gulnande instamatic på dig och mig framför sandlådan på Svarttjärn. Fastän vi är jämngamla är du huvudet högre. Du bär en badrock som glidit isär, jag har en vit solhatt. Vi gör båda grimaser för kameran. Det är sommar. Vi är barn. Vi ska bli vuxna i en ofattbart avlägsen framtid.

Här är vi nu. Sköt om dig.

Johan"

15

Med sitt första tjocka brev skickade mostern också med följande.

”Avskrift av brevet till Maria:

Oxå den 10/8 -88

Kära Maria!

Tack för brevet. Det var fint att se sammanställningen du gjort av våra svar. Det har varit en svår tid sedan mamma dog. Svarttjärn hörde ihop med henne. Det är sedan hon dog som jag upplevt Svarttjärn annorlunda. Då blev det ett tungt arbete och svårt att se det förfalla, men av det hela har det svåraste varit din upplevelse av försäljningen av Svarttjärn. Att du har upplevt dig tvångsförsåld har varit och är oerhört svårt. Men jag ser ingen annan utväg. Ingen annan än Åke har ju kunnat sköta skogen kring Svarttjärnen. Varför känner du dig inte glad över att han arbetar med det. Jag tycker om att komma dit, njuta av skogen och gå till Åkes stuga. Kan du inte också känna så utan att absolut äga. Du har fått pengarna och kan ändå vara där och minnas. Samma med Svarttjärn. När pojkarna första gången kastade fram tanken att köpa blev jag inte glad. Jag tyckte det var för svårt för dem.

Jag sa då att var det så, så behövde de ju inte tänka på min 1/5, den fick de i så fall. När de så skrev till N.L. blev jag orolig. P-O ville ju inte, utan att försäljningen skulle gå till andra. Men samtidigt tänkte jag att det var egoistiskt. Skulle pojkarna klara av det, kunde din familj också i fortsättningen komma dit. Erika kunde bada som hon brukar göra då hon kör förbi, och grabbarna är tillräckligt vuxna för att veta vad de gör. Och så blev det. Filip ville också vara med, men eftersom han inte kunde ställa upp och vara med om arbetsveckor, avstod han – arbetet var förutsättningen.

Men det som gjorde mig mycket glad i ditt brev var där du skriver att du är samma en som då du var ung. Jag har sörjt så denna sommar, sedan dina brev om tvångsförsåld o.s.v. Det har känts så fruktansvärt, jag har haft denna djupa sorg i själen dygnet runt. När nu ditt brev kom, trodde jag att du skulle förstå då du tänkt över våra svar. Jag låg i sängen igår morse och sa till P-O: 'Jag vill inte gå upp, jag sörjer så Maria och hela skiten.' Då kom han och satte sig på sängkanten och sa: 'Har du barn, har du barnbarn, är du frisk, kan du plocka bär, kan du gå i skogen? Så höll han på tills jag började skratta, och så bestämde jag mig – 'Nu är det färdigsörjt. Nu lämnar jag allt och slutar att älta och älta det hela.' Vi har hela tiden bett att Gud skall hjälpa oss, och att du skall förstå också vår situation. När jag berättade för Mikael att du hade skrivit tvångsförsåld, sa han: 'Och jag som varit så barnslig att jag trott att hon skulle bli glad för att vi ville jobba och att hon skall kunna komma dit.' Esbjörn sa, ang. att du sagt att han skulle ta kontakt med ... – 'Varför skulle jag göra det, jag har alltid tyckt om Maria, hon har alltid ställt upp för oss och jag vill verkligen att hon kommer.'

När P-O:s syster Margareta förlorat Arne, sin andre man, var hon helt förkrossad. Hon och flickorna, 5 och 7 år, grät och grät. En morgon efter frukost, berättade hon, bestämde hon sig. Hon slog näven i bordet och sa: ’Nu är det banne mig slutsörjt i den här familjen.’ Så gick hon till skafferiet och tog en whisky. Det med whiskyn tycker jag inte du skall göra, men annars tycker jag du skall göra som hon. Sluta och gräm dig, försök att tänka och förstå oss igen. Svarttjärn finns kvar, för att inte tala om oss levande syskon.

Angående att vara rotlös, så har jag inte heller någon plats kvar. Här skulle jag inte kunna stanna om P-O dog före mig. Vart skall jag i så fall? Jag känner inget för Oxå, och i Örebro finns inte mamma. Grabbarna lever lyckliga sina egna liv. Jag bara hoppas att P-O och jag får leva tillsammans länge än, då kan jag bo var som helst.

Det här blev kanske rörigt, men jag hoppas att du förstår. Nu lämnar jag allt, tror att jag igen skall känna livsglädje och inte sörja.

Välkommen hit!

Görel”

16

Detta vet Johan om livet: En kvinna som skriver att hon sörjer och sörjer, men att hon en dag slår näven i bordet och slutar att sörja så käckt – den kvinnan har aldrig sörjt.

Men kanske var det verkligen så att det funnits en punkt i historien då Maria haft en möjlighet att köpa Svarttjärn.

”Jag fylldes av en sådan glädje och hoppades att förhållandet till Maria skulle bli som förr.

När hon slutat tala, sa jag: ’Maria, tänk om Svarttjärn kunde bli er fasta punkt på jorden – ni *får* min del.’ Erika fyllde i: ’Ni *får* min del också.’”

Ödmjuk och kristen givmildhet liksom strålar ur deras milda blå ögon medan den otacksamma olyckssystern bryskt bryter av med sitt kraxande: ”Nej! Nej! Nej!”

Så faller allt till marken som en tung sten i dammet. Varför skulle mamman ha avböjt ett sådant fantastiskt erbjudande?

Det verkade inte troligt – samtidigt hade Maria gjort så förr. Möjligheter kunde ligga och ruttna som ostkalkar i kylskåpet, och hon öppnade inte dörren, och när Johan väl gjorde det var det för sent.

Ja, hon hade sannerligen gjort så förr.

Inte tackat när erbjudandena kom, utan varit tvär.

Inte sett att land var i sikte bara för att hon var så satans upptagen med att drunkna.

Oförmögen att ta emot hjälp stod hon paralyserad och skrek: ”Hjälp mig! Hjälp mig!” i hallen till portvaktslägenheten på Jungfrugatan.

Slog i panik undan varje hand som sträcktes mot henne.

17

Runt 1980. Fadern hade just lämnat dem. Varje gång Johan öppnade den smutsgröna dörren till lägenheten ropade han "Hallå?" och lyssnade ängsligt efter svar. Sedan gick han igenom rummen. Köket, badrummet, till och med garderoberna – i varje stund beredd att finna henne död.

Han föreställde sig henne död i sängen, i badkaret eller hängande från en krok i garderoben. Han visste att det var möjligt. Man hade stulit hennes liv och lämnat henne invalidiserad i en portvaktstvåa på nedre botten med rivningskontrakt.

Varje dag kom stadsmissionen med mat i folielåda.

För det mesta när Johan kom hem efter skolan stod folielådan orörd på matbordet.

Under det första året sedan fadern övergav dem magrade Maria och blev skör, som en porslinsdocka, en fågelskrämma eller en liten sparv. När som helst kunde hon gå av på mitten. Kvar av henne var nästan ingenting alls. Kvar av henne var något som skulle dö, för man hade stulit livet ifrån henne.

Ihoptorkad, skrynklig, med skinn som stramade över skelettet, röda ögon med ljust skimrande blå iris, sorgset stirrande som om hon hela tiden sökte något som hon inte kunde finna. Hon hulkade men grät inte, hon bara hulkade.

Johan kunde finna henne sittande alldeles orörlig framför den påslagna TV:n, tittande på testbilden och på digitalklockan, som sakta bläddrade framåt, medan hon väntade på att sändningarna skulle börja.

Han föreställde sig henne död framför den påslagna TV:n, på köksgolvet, liggande som ett foster bland tamburens skor och stövlar.

För det mesta fann han henne i sovrummet där hon låg ovanpå den bäddade sängen och stirrade upp i taket. Hon låg där och darrade medan timmarna sakta gick och det blev så mörkt att hon inte syntes mer. På sig hade hon en sportkofta som blivit alldeles för stor för henne.

Hon berättade att hon varje natt vaknade förskräckt och inte visste var hon var.

Hon var någon annanstans än i sitt liv.

Varje dag kom Johan hem och visste att idag kanske var dagen då han skulle finna henne död. Det var fasansfullt och det var hans vardag. Johan bad till Gud att hon fortfarande skulle vara vid liv när han fann henne, för han hade lovat sig själv att hon inte skulle behöva dö ensam. Han skulle hålla henne i famnen som ett barn när hon dog.

Det var det enda krav Johan vågade ställa på Gud.

18

Strax bortom Jeriko ligger det berg uppå vilket Kristus blev förd av djävulen för att frestas. Djävulen sa: ”Kasta dig ned, Gud kommer att skicka sina änglar för att rädda dig.” Jesus svarade: ”Du skall icke fresta Herren din Gud.”

I det här berget har man byggt ett grekisk-ortodoxt kloster, eller snarare huggit in ett kloster mitt i berget som stupar lodrätt hundratals meter ned.

Några meter djupt sträcker det sig femtio meter längs med bergssidan. I dessa trånga bergrum bor ännu fem munkar, balanserar bokstavligt talat på randen till avgrunden. De börjar bli gamla nu, i många år har de bott här, mittemellan himmel och jord, smutsiga och utmärglade, under oavbruten försakelse.

Varje dag lider de. Varje dag lever de också med vetskapen om att inget lidande vore enklare att göra slut på än deras, det vore bara att gå ut på den smala, skrangliga balkongen och luta sig ut över räcket, lite för långt – och allt vore över.

I varje ögonblick av sitt liv utsätter de sig för frestelsen, och gång på gång måste de upprepa för sig själva: ”Du skall icke fresta Herren din Gud.”

I varje ögonblick väljer de att trots allt fortsätta.

Men när de inte orkar längre? Vem kan döma en människa om Herrens änglar aldrig kom för att rädda henne när hon föll?

I juli 1946 fann man sångerskan Ulla Billquist död i sitt hem. Hon hade gasat ihjäl sig.

Det märkliga var att det inte fanns några tecken på desperation. Hon hade engagemang i Karlstad på kvällen. Resväskan var packad och klar. På bordet i hallen låg tågbiljetten, på en galge hängde hennes resdräkt nystruken.

Hon var egentligen färdig att gå ut och sätta sig i den beställda droskan när hon måste ha ändrat sig och istället gått in i köket och satt på gasen.

Vad fick henne att ändra sig? Det har Maria funderat mycket över.

Ibland upplever hon att man varje dag väljer mellan ojämförbara ting.

Nu skulle jag kunna släppa allt och skrika i förtvivlan eller också säger jag att det var ett utmärkt gott kött och ber om receptet.

Nu tar jag av det kokande vattnet från plattan eller också hoppar jag från balkongen.

Nu kan jag antingen borsta tänderna eller skära upp handlederna.

Antingen eller.

Som om alternativet till de vardagliga tingen inte alls med nödvändighet är andra vardagligheter, utan tvärtom en avgrund som lurar tätt inpå trivialiteterna.

Och vi är munkar på frestelsernas berg, mittemellan himmel och jord.

19

Maria låg hopkrupen på alla fyra, armarna famnade krampaktigt om magen. Hon knep ihop ansiktet och kved. Hon dunkade sitt huvud i golvet gång på gång, kastade med huvudet.

Bredvid stod Johan och försökte trösta, försökte beveka mamman med sin snälla röst: ”Mamma... mamma... snälla mamma...”

Uppe inunder den vitgrå himlen flög en väldig rovfågel, glidande på sina utbredda vingar.

Bred dina vida vingar, o Jesus, över mig.

Och två mig i ditt blod.

Och låt mig alla dagar få leva av din nåd.

Snälla Jesus... snälla Jesus...

På gården slog en hök en duva. Medan den med sina klor tryckte duvan mot marken slet den aggressivt loss stora stycken ännu varmt och rött kött från duvans kropp.

Förlåt mig alla synder. Också de jag inte ens visste jag begått, också de jag inte ens visste var synder. Förlåt mig! sa jag ju, förlåt!

Höken slet och slet köttet från kroppen, Maria kastade och kastade med huvudet, Johan stod bredvid och såg på.

– Mamma, sa han med snälla rösten, snälla mamma...

Klockan slog i köket. Tiden kröp vidare. Detta var vad som hände i skuggan, i skymundan, sådant man inte så noga håller reda på.

Stadsmissionen kom och gick, lämnade sina matlådor, vad annat kunde de göra?

Annars var det väl ingen som undrade vilka som flyttat in bakom den smutsgröna dörren på nedre botten.

Där var Maria. Kvar med denna eviga skuld, denna outplånliga skuld.

Hon var någon annanstans än i sitt liv.

I en grotta på Jungfrugatan dit solen inte nådde. Bland kartonger där allt hon ägde förvarades.

Vari låg det brott för vilket Gud måste straffa henne?

Hon förstod inte. Blankt i huvudet. Liksom polerat, liksom utstädat, som om ena hyresgästen flyttat ut och nästa inte flyttat in.

Du skall icke fresta Herren din Gud. Du skall icke kasta dig ut. Till den som kastar sig ut skickar inte Gud några änglar för att rädda henne när hon faller.

Detta var straffet. För vad visste hon inte.

Hon hade försökt att hålla sig uppe. Försökt hålla allting uppe. Till det gick hennes krafter åt, och hon försvagades.

Hon tappade greppet, föll och slog sig illa. När hon till slut förmådde resa sig upp var hon svag.

Så enkelt var det. När hon kom till sans igen var stormen över. Det som var sönderslaget var sönderslaget, och allt var fullständigt annorlunda.

Kvar var en skugga av det som en gång var Maria.

Från stark till svag förvandlad.

20

Maria åkallade säkert många gånger Gud i sin ångest. Kanske förbannade hon honom rentav. Det gjorde så ont, och när smärtan satte åt henne visste hon inte alltid vad hon sa.

Varför kom han aldrig? Maria hade väntat så.

Varför lät han henne pinas och gå under utan att lyfta ett finger? Varför brydde han sig inte om hennes lidande? Detta kunde inte vara hans avsikt.

Sådant ropade hon gång på gång.

Så hände det att där hon låg på golvet i hallen och grät kom en ängel till henne. Med ett finger på munnen tecknade ängeln åt Maria att vara tyst. Varsamt lade han armen om henne och sa:

– Jag ska visa dig varför han aldrig gjorde allt det han verkligen avsåg att göra.

Och ängeln förde Maria till himmelen, och i himmelens mitt fanns en stad av ljus, och i stadens mitt stod ett tempel, och in i templet förde ängeln Maria, in till en väldig pelarsal i templets mitt, och i salens ände stod en tron av sten, huggen ur ett enda block, och ängeln gick före Maria och ställde sig vid tronen.

– Ser du nu, sa ängeln och pekade med armen, ser du nu varför han aldrig kom till din undsättning? Hur ska du kunna anklaga honom nu?

Tårar syntes i ängelns ögon, och Maria tycktes det som

om pelarsalens väggar ville störta samman, som om hela templet ropade att det måste få rämna.

På tronen låg Gud, och Gud var en helt fattig liten gosse, inte större än att han kunde ligga på tronens säte.

Hans kropp var genomborrad av kulor.

Hans kött var uppfläkt, i handen höll han ännu en vissnad lilja, under honom en pöl av levrat blod.

Hans ögon var slutna, hans anletsdrag lätta och utslätade, som om han låg där och sov, låg där och drömde, och i drömmen skapade han redan nya världar – nya, vackra och lyckliga världar, långt långt borta från denna onda.

Allt detta visade ängeln Maria, och hon berättade det aldrig för någon.

21

I sitt sovrum som också var matsal och arbetsrum hade hon dukat till fest åt sig och barnen. Pappersduk på bordet och finporslin. Det var bökigt att få plats med benen under bordet för kartongernas skull.

Maria hade köpt flera flaskor portugisiskt vin och räktårta från Östermalms förnämsta konditori. Hon var spänd som en fjäder, men vad annat kunde hon vara.

De skålade för äktenskapet. De skålade för fadern som övergivit dem.

Tjugofem år med mannen hon älskade. Man måste försöka se det komiska i situationen, och hade man nu en gång i livet silverbröllopsdag skulle man naturligtvis ställa till med fest, även om maken flyttat ihop med en ny kvinna.

Året innan hade hon, Ernst och barnen varit uppe för att fira Görels silverbröllop i Oxå. Hela släkten hade varit där, över femtio personer. Då hade Maria tänkt att nästa gång var det hennes tur.

Nu satt hon där i sitt sovrum som också var matsal och arbetsrum. Där var Leif, och där var Johan. Sedan var där inga fler. Så kan det gå, tänkte hon, så kan det gå.

Räktårtan från Östermalms förnämsta konditori växte i munnen på henne, men det sa hon inget om. De skålade för äktenskapet. De skålade för fadern som övergivit dem.

Maria drack vin, trots att hon inte fick. Frikyrkodottern tömde glas efter glas. Hon pratade oavbrutet och hennes röst var gäll.

De hade serverat hemmagjord ananasfromage till dessert däruppe i Oxå. Hela släkten hade slutit upp.

När barnen hade gått till sängs i det rum som också var vardagsrum, skulle hon stillsamt diska varje tallrik och varje glas. Hon skulle inte tänka en enda tanke. Hon skulle diska som efter vilken middag som helst. Utan att det var något särskilt med det.

Ingen från släkten hade hört av sig. Inte ett av syskonen hade ringt. På det sättet kan det också vara.

Så firade Maria sin silverbröllopsdag.

22

Ernst Gustafsson, Björns, Johans och Leifs far, Marias man, hade lämnat dem för en yngre kvinna. Hur banalt som helst – hans sekreterare. Tänk att livet var så förskräckligt banalt.

Hur banalt som helst tog han med sig allt av värde när han försvann och lämnade de andra med skräpet. Självklarheten med vilken det skedde var imponerande, han och Maria hade ju trots allt varit gifta i nästan tjugofem år och både Johan och Leif var ännu i skolåldern.

Man hade kunnat tro att sånt skulle ha betydelse, men på något sätt var det som om han underkänt åren med Maria och barnen och beslutat att göra sig av med såväl dem som allt som påminde om dem.

Som om de aldrig funnits.

Av någon anledning föll det honom in att han hade rätt att göra så, att döma till glömska.

Professor Gustafsson blev uppriktigt sårad och förvånad när de andra satte sig till motvärn och inte frivilligt fogade sig, han tyckte att de var missunnsamma.

Det hela var mycket banalt – professorn var helt enkelt bortskämd. Barn till en provinsialläkare, dessutom enda sonen i en familj med två äldre systrar. Bortklemad och pjoskad med av mamma, systrar och barnjungfrur. Han hade alltid fått allt vad han ville, han hade alltid varit älskad och tog för givet att han förtjänade det.

Han skulle liksom aldrig komma på tanken att någon kunde kräva att han skulle avstå från något, eller att någon hade rätt att begära att han skulle dela med sig.

Dessutom var han ju professor, gubevars, och van vid en viss standard, det förväntades av honom, och så vidare – det var väl inte så konstigt, borde minsta barn kunna begripa.

De andra trilskades enbart för att vara tarvliga, det var hans bestämda mening, och därför bussade han hundarna på dem.

Såväl barnen som deras mor hade för övrigt mest vållat honom besvikelser.

En narkoman och en homosexuell, skulle det vara söner till honom? Allt var Marias fel. Hon hade varit slapphänt i sin uppfostran.

Ta till exempel det här med Johans homosexualitet. Hade bara professor Gustafsson fått veta det i tid hade han sett till att det inte blivit så. Det fanns metoder för sånt. Men han fick inget veta. Maria höll sonen bakom ryggen. Nu fick professor Gustafsson stå där med skammen att vara en misslyckad förälder i omvärldens ögon.

Och äldste sonens knarkande. De skulle ha släppt honom på en gång, det hade varit lättare, de skulle ha låtit honom dö. Det kunde inte vara rimligt att hela familjen skulle dras med i hans smutsiga fall.

Men Maria vägrade. Allt förlät hon sonen. Allt utstod hon. Allt tvingade hon dem alla att utstå. För det hade han börjat hata henne.

Björn bestal dem på pengar, till och med småsyskonens spargrisar plundrade han. När han inte kunde få pengar slog han sönder saker i hemmet, slängde stolar i väggen, krossade porslin, välte bord, skar sönder tavlor. Om någon försökte stoppa honom tog han till våld.

Spegeln sprack från kant till kant. Hela familjen föll sönder. Det hade inte behövt hända om de bara hade gett upp den äldste. Smärtsamt javisst, naturligtvis var det oerhört smärtsamt, det var professorn den förste att medge, vad trodde de andra att han var för ett monster egentligen, men sådant var livet, någon måste våga fatta också obehagliga beslut, de måste inse att de inte hade vare sig kunskaper eller resurser att ta hand om en tung narkotikamissbrukare som till slut inte ens vårdkollektiven ville kännas vid.

När familjen mot faderns vilja bestämde sig för att ändå försöka klara Björn tänkte åtminstone inte professorn gå under tillsammans med dem.

Var och en är sig själv närmast. Han var ledsen, men så var det.

Så professorn övergav sin familj. Professorn stod inte ut.

Han hade dåligt hjärta och kunde få ett anfall under något av sonens våldsamma utbrott. Han kunde dö, förstod de andra inte det?

För övrigt hade han sitt arbete att ansvara för, arbetet ställde krav på honom, det måste de inse.

Via sina kontakter på universitetet fick professorn tillgång till en gästlägenhet vid Rådmansgatan. Dit räddade han sig och var glad för det.

En riktigt charmig lägenhet var det, en gammal mjölkbod man inrett till bostad. Äntligen kunde han andas lite lättare, ha lite roligt igen, våga bjuda hem vänner. Måhända banalt, men varför missunna honom det?

Yngste sonen Leif fick inte telefonnumret till den nya lägenheten, för professor Gustafsson fruktade att gossen skulle tvingas avslöja det för Björn.

Så yngste pojken som var kvar i helvetet kunde inte ens

ringa sin far som hade räddat sig undan.

Som Lot i Sodom var väl professorn.

Två änglar kom en gång om aftonen till Sodom, och Lot gav dem härbärge i sitt hus, men Sodoms män, både unga och gamla, kom dit och ropade åt Lot att de skulle våldta hans gäster.

Lot sa då inte: ”Jag riskerar mitt liv för att rädda mina vänner!”

Han sa inte heller: ”Ta mig men skona de andra!”

Utan Lot sa: ”Jag har två döttrar som är oskulder. Dem kan ni få göra vad ni vill med, bara ni skonar mig och mina vänner.”

Sådan far var Lot i Sodom. Han offrade sina barn för att rädda sig själv.

Professorn var helt enkelt en sådan människa som först och främst tänkte på sig själv. Det var inte av ondska. Han bara var sån. Han hade blivit för van vid att vara älskad.

Leif hade alltid varit pappas pojke. Det som gjorde mest ont var just detta att han hade trott att han varit pappas pojke, och att det betydde något.

Liksom Lots döttrar säkert trott att de var pappas flickor, och att det betydde något.

Pappas pojke, pappas flickor – så outhärdligt banalt.

När professorn ett par år senare skilde sig från familjen på riktigt var det i övrigt för Leif han fick betala underhåll.

I två år tvingades han motvilligt betala underhåll.

Och det lustiga var att när fadern var död och mest lämnade skulder efter sig – tillgångarna fanns på bolaget som var skrivet på nya frun – visade det sig att han hade tagit lån för att betala underhållet.

Räntan på lånet fick han dra av, underhållet fick han

dra av, men själva lånet återstod, så när han dog fick den då vuxne yngste sonen vara med och betala sitt eget underhåll.

Ja se det var en riktig pappa det.

Professorn började ett nytt liv i ett radhus i tre etage med utsikt över Mälaren.

Där satt han om kvällarna i sin vilstol med ett glas rödvin och såg ut genom panoramafönstret över den mörka sjön. Båtar passerade långt därborta med tända lanternor i natten. Kanske borde han känna skuld, men det gjorde han inte. Äntligen var det tyst omkring honom. Han tog en djup klunk av vinet och kunde inte minnas något annat liv.

23

Han levde på kredit och dog skuldsatt. Bara på NK var han vid sin död skyldig 40 000 kronor.

Begravningen skulle vara storslagen bestämde änkan och köpte en ny svart klänning för 10 000 kronor på dödsboets bekostnad. Sju limousiner beställdes som skulle fara i kortege efter likbilen genom stan för att visa att här minsann kom framlidne professor Gustafsson och hans följe.

Nu blev inte begravningen så välbesökt att det fanns användning för alla sju limousinerna, och tre av dem fick fara tomma i kortegen.

Skådelimousiner alltså.

Som checkar utan täckning. Sådant var hans liv.

Fakturan från begravningsbyrån förföll också till inkasso.

Allt var i sin ordning.

24

Maria var inte bjuden till begravningen men kom ändå. Hon smög sig in sist av alla. I en bänk längst bak i kyrkan satte hon sig, nästan hukande för att ingen skulle se henne.

Längst framme på hedersplatsen satt den unga änkan i sin nya dyra klänning. Maria såg på hennes ryggtavla och fick en märklig förnimmelse av att se på sig själv i en film.

Där Maria satt var hon endast en betraktare. Livet fortgick utan att hon var en del av det. Därframme satt någon som borde vara hon, men som inte var det, för hon var någon annanstans än i sitt liv.

Och närmare än såhär fick hon inte komma.

25

Det var många kransar.

I dödsannonsen hade funnits en dikt: ”Jag är ett ljus som brunnit ned på festen. Samla in mitt vax om morgonen, och denna sida skall viska till er, hur ni skall gråta och vad som skall vara er stolthet...”

Det var hennes Johan som valt ut dikten, och nog hade hennes man varit ett ljus som brann ned på festen alla gånger. Ett ljus som självisk lade beslag på allt syre i rummet, som brann ned under festen och lämnade de andra att ta reda på skräpet.

Ändå kunde hon inte hata honom. Han hade varit ett ljus, och ett ljus måste väl brinna. Kanske måste det också antända allt i dess närhet, och nog hade han understundom varit ett vackert ljus och festen en vacker fest.

Hon kunde inte annat än känna ömhet för honom nu när han låg därframme i kistan, i centrum för allas uppmärksamhet, precis som han alltid ville.

Inte skulle han brännas heller. Innerst inne vågade han inte, den fege professor Gustafsson, utan kroppen skulle läggas i jorden som den var.

Därframme låg han och var obränd, och om honom sa man att han var ett ljus som brunnit ned på festen. Där ser man.

När ceremonin var över satt Maria kvar tills kyrkan var tom. Raskt bar de iväg kistan och blommorna, den unga änkan gick, och efter henne följde Marias söner och så alla de övriga begravningsgästerna.

Kvar framme vid altaret låg ett par avbrutna kvistar och några blommor som ramlat ur kransarna. Det såg ut som konfetti som blivit kvar på golvet när festen tagit slut och det blivit dagen efter.

Utanför startade de svarta limousinerna och gav sig iväg i kortege. Tre av dem gick tomma, men det skulle ju verka storslaget så där for de nu, skådelimousinerna.

Maria fick inte följa med utan satt ensam kvar i kyrkan.

Som en främling som av en händelse råkat komma förbi.

26

Bakom en tall, ett femtiotal meter bort från de andra, stod Maria när kistan sänktes ned i graven.

Den unga änkan gick fram till hålet och kastade ned en blomma, sedan kom Björn, Johan och Leif i tur och ordning.

Som i en stumfilm långt borta.

Aldrig att hon kunnat föreställa sig att det var såhär det skulle sluta.

Hon såg att hennes äldste pojke, Björn, började gråta och dolde sitt grimaserande ansikte i händerna. Hur gärna hon än velat rusa fram och hålla om honom kunde hon inget göra. Hon stod där bakom tallen med händerna i kappfickorna, utan en min, andades kalluft ned i lungorna.

Björn hann aldrig bevisa för fadern att han på allvar dög nånting till, han hade slutat med drogerna, han hade börjat studera, han var en riktig människa – och där låg fadern i sin kista och var för alltid missnöjd.

Yngste pojken, Leif, gick undan ett tiotal meter efter att ha släppt sin ros och i några sekunder stirrat ned i gropen med uttryckslösa ögon. Pappan hade varit hans hjälte, och det tog ont när han övergav dem utan att ens lämna telefonnummer, det tog ont att inte vara mer värd – och där låg fadern i sin kista, kunde aldrig säga att han ångrade sig.

Familjens gamla vänner defilerade förbi den unga änkan, och den unga änkan visste inte vilka de var.

Johan hade ställt sig stel och allvarlig bredvid henne och nickade liksom hon åt dem som passerade. Han representerade familjen, han var alltid sådan, gjorde sådant han trodde förväntades av honom, han tog sånt på sig. Han frös så han hackade tänder men stod kvar, likblek, och nickade och nickade åt alla dessa människor han knappt visste vilka de var.

Hela tiden medan han stod där vid hålet tänkte Johan med sorgen bultande i bröstet: Han älskade mig inte! Han älskade mig inte!

Johan stod där med sina frågor och förbannade fadern som smitit undan en sista gång. Kanske skulle han aldrig ha svarat om han så levt i hundra år, men nu låg fadern i alla fall där i kistan och var för evigt dömd till att vara den som inte älskade sitt barn.

Det var vårvinter. Marken var frusen lera och smutsiga fläckar av snö. Marias näsa rann och fötterna domnade bort av kyla, men också hon stod kvar, alldeles stilla med händerna i kappfickorna. Därborta i gropen låg hennes man som inte var någon bra man, men ändå. Hon var ännu hans.

På så sätt var det en märklig begravning, att den som officiellt var den närmast sörjande knappt visste vilka de andra var, alla dessa människor som varit de viktigaste i hennes mans liv, och vännerna som bugade inför henne för att delta i hennes sorg visste att de alla, var och en, antagligen stått närmare den avlidne än vad hon hade gjort, och borta bakom en tall stod den kvinna som levt längst med honom, och henne måste de hålla såsom för intet.

Men för varje vän som defilerade förbi därborta vid

hålet nickade Maria omärkligt och mumlade deras namn: Bengt... Birgit... Mona... Nils-Petter... Olav...

Hennes liv. Därborta.

27

Hon tror att hon räddade barnen. Hon brukar säga att hon var en mur mellan dem och det onda.

– Det enda som gör att jag överlever är vetskapen att ni inte behövde ta några smällar.

Där står de blåslagna barnen och tiger. De vet att de inte kan rädda henne. Ändå försöker de vara en mur mellan henne och det onda.

Och någonstans där finns det som kallas kärlek.

28

Maria ligger på sängen och stirrar i taket. Jag måste sätta igång, tänker hon, jag måste sätta igång.

Trasmattorna är fulla av grus, disken luktar gammal fotsvett, och tröttheten väller över henne.

Hon reser sig ur sängen, går ut i köket, blundar när hon passerar diskhon, öppnar kylskåpet på jakt efter godis, hittar inget godis – varför tittar hon efter godis när hon vet att det inte finns något godis? Ilsket smäller hon igen kylskåpsdörren.

Förresten luktar det konstigt i kylskåpet, det luktar av sur grädde, av små skrumpna morötter och av äggvita som var synd att slänga och som torkat fast i kaffekoppen.

Det luktar av allt som blivit kvarglömt, av allt som gått sönder och runnit ut och klibbat fast.

När man går på köksgolvet fastnar strumporna i kladdiga fläckar.

Hon återvänder till sängen.

Maria ligger på sängen och stirrar i taket. Jag måste sätta igång, tänker hon, jag måste sätta igång.

När allt kommer omkring ska hon inte ha något godis, hon blir bara tjock, rund som en tunna blir hon och får svårare att gå.

I förra veckan var hon barnvakt åt ett av brorsbarnen. De gick på restaurang. Han ville ha bearnaisesås och en blodig biff, och det fick han. Själv tog Maria bara en starköl, för hon är ju viktväktare, så hon måste vara försiktig med bearnaisesåsen.

Tyvärr tycker hon om öl och ost.

Det är inte bra för henne. Ju mer mage hon får, desto mer trycker det på hennes framfall och gör det värre. Egentligen får hon inte bära alls. En kaffekopp – inte mer, har doktorn sagt.

Som hon släpat på kartonger, doktorn skulle bara veta.

Hon har ett system för att bära hem varor där hon ställer ned sin kasse vid varje elskåp och vilar.

En fiskgratäng, en GB Gräddglass, en ostbit och ett par öl. Det tar en halvtimme att bära hem maten den korta biten från affären.

Hemsamariterna handlar också åt henne. Men hon blir så otålig av att vänta på dem. De säger alltid att de ska komma vid en viss tid, och så gör de inte det.

Tvingas hon sitta där och vänta. Tror de verkligen att hennes liv är så värdelöst? Sådant kan göra henne vanmäktigt arg. Man ska väl respektera människor, också om de nu har haft olyckan att bli gamla käringar.

Förresten står inte valet mellan fiskgratäng och fiskgratäng.

Valet står mellan fiskgratäng och avgrund.

Därför fortsätter hon att meter för meter kånka sin matkasse hem.

Ost och öl. Det har hon från sin danska släkt. Hennes farfar kom till Skåne från Danmark för att lära svenskarna göra ost. Med sig hade han sin kvinna, sin *kæreste*, som han sa.

Hon var från granngården. De var tre systrar, och den yngsta hade han valt till sin fru.

Men genast när hon kom till Sverige hade hon blivit

sjuk och sängliggande. Till hjälp med att sköta mat och hushåll skickade man då över en av hennes storasystrar som ersättning, men Marias farfar var inte nöjd med den nya kvinnans mathållning och sände tillbaka henne, varpå man i gengäld skickade syster nummer tre.

Strax därefter dog hon som var hans *kæreste*, och Marias farfar gifte sig med den systern som åtminstone lagade mat han kunde tåla.

Det var med henne han fick sina barn, fem stycken söner, och det var med henne som han kom att leva sitt liv. Ändå var det den yngsta systern som dött som hela tiden omtalades som hans *kæreste*. Storasystern nämnde han aldrig som annat än *sin hustru*.

Så många tragiska kvinnoöden det finns. Maria kan bli så arg när hon tänker på det. Fräcka gubbe!

Men ost och öl är gott, det går inte att förneka.

Maria ligger på sängen och stirrar i taket. Jag måste sätta igång, tänker hon, jag måste sätta igång.

Om hon inte redan hade vattnat ihjäl alla växterna skulle hon kunna ha vattnat växterna. Nu skulle hon kunna slänga växterna eftersom de allesammans är döda, och få en massa krukor hon skulle kunna fylla med nya växter.

Det skulle hon kunna göra.

Det vore en mening med livet.

Men då måste hon först plocka fram en plastpåse att slänga de döda växterna i, och plastpåsarna ligger i nedersta lådan, och öppnar man den får man aldrig igen den, utan då måste hon först ta ut alla plastpåsarna och vika ihop dem en och en och lägga tillbaka dem noggrant så att alla plastpåsarna får plats och lådan går att skjuta igen, och det måste hon göra innan hon tar itu med de döda växterna, men om hon gör det kommer hon att vara för trött för att ta itu med de döda växterna, och kanske är inte växterna döda på riktigt, kanske sover de bara eftersom det är vinter, och då tänker hon att det är nog bäst att se tiden an.

Maria ligger på sängen och stirrar i taket. Jag måste sätta igång, tänker hon, jag måste sätta igång.

Säkert borde hon ringa någon. Hon ligger kvar.

Försöker minnas var telefonen är.

Försöker minnas namnet på någon hon borde ringa.

Försöker minnas om hon ringde någon igår.

Försöker minnas vilken dag det var igår.

Hon skulle kunna somna också. Så enkelt det skulle vara, bara låta sig sjunka nedåt, dra täcket över och krypa ihop i fosterställning, skapa sig en grotta av värme och domna bort.

Maria luktar på sina händer, en sur lukt av wettextrasa. Den lukten har följt henne genom livet.

I andra rummet står en av TV-apparaterna på. Någon vinner en resa för två.

I tidningen står det att solen skiner. Ute regnar det. I Somalia dör barnen.

Maria sover illa om nätterna, hon önskar att hennes hjärta slutade slå.

Vad väntar hon på?

Det finns ju inget att vänta på.

Hon har fått ett vykort från ett brorsbarn. ”Jag tycker om dig!” står det på det.

Det är ett färdigtryckt kort.

Men det är ju gott att veta att de lever. Och har hälsan, det är ju ändå det viktigaste.

Hon ska ringa dem, men inte idag. Inte tränga sig på, det är det viktigaste. I femton år har hon försökt vänja sig vid ensamheten, försökt lära sig att sysselsätta sig själv och inte besvära andra med sina behov.

Därför ligger hon på sängen och försöker tänka ut något att göra.

Jag måste sätta igång, tänker hon, jag måste sätta igång.

Hon ligger kvar.

Ett liv som liksom kommit av sig.

Som en motor som inte vill starta igen.

Svårt att börja om. Svårt att släppa taget. Svårt att vara självständig. Svårt att bara bry sig om sig själv.

Med en lukt av wettextrasa i näsan och regnet som faller utanför var detta alltså livet.

Från TV:n som står på hörs något som kan kallas musik. Allt är mycket underligt. Känns mest som en väntan.

Maria väntar på kvällen, hon väntar på natten, sedan kommer nästa dag och hon väntar åter.

Ibland glömmer Maria bort att hon väntar, men fortfarande och hela tiden är det detta som är livet, detta och inget annat.

Liksom för barnen som dör i Somalia. Detta var deras liv, detta och inget annat.

Kala väggar, tysta rum.

Hon känner ingenting om hon blundar hårt.

29

När de förlorade sitt hem packade de lydigt och tyst ned allt de ägde i kartonger, för de visste inte vad annat de kunde göra.

De grät inte, tänkte knappt, de packade och packade tills allt var packat.

Somligt ställde de under presenningar. Det togs av kölden och vätan, det blev mögligt och ruttnade.

Somligt ställde de hos vänner och bekanta, fyllde deras vindsförråd och källare tills vännerna började avsky dem och deras olycka.

Och somligt, det mesta, flyttades med till Marias nya, mycket mindre, hem på Jungfrugatan. Där finns knappt annat än kartonger, staplade på varandra utefter väggarna. Maria har noggrant märkt dem med prickar i olika färger för att markera var dess innehåll en gång stått i det gamla hemmet, som var alltings ursprung, det som i minnet ska bevaras.

Röd prick för köket, blå prick för vardagsrummet, grön prick för lilla hallen och så vidare.

Och så har det förblivit.

Den nya lägenheten är lik en järnvägsstation, ett ställe att inte stanna på, en väntsal, ett ställe där man inte packar upp, ett motellrum.

Femton år har gått.

Maria har levt så länge med kartongerna att det inte

längre går att tänka sig henne utan dem.

Kartonger och ångest. Kartonger och hjälplöshet. Orden flyter samman och blir till ett.

Sönerna har vant sig till den grad att de inte längre kan föreställa sig sin mor i ett normalt hem.

Maria har valt att älska sina kartonger såsom det går att dyrka ett nederlag. Det är inte längre endast innehållet utan kartongerna i sig. Sexton kronor styck kostade de en gång i världen, Maria har kartonger för många hundratals kronor. De utgör idag hennes rikedom. Somliga av kartongerna är till och med tomma. De får ändå stå kvar. Sexton kronor, herregud, sexton kronor!

Femtiofem år gammal var Maria när professorn lämnade henne som kulmen på de mardrömsår då Björn knarkade. Då sa Maria: ”Nu orkar jag inte mer. Jag orkar inte börja om från början igen.”

Och kanske är det det enda brott Johan och Leif skulle vilja anklaga henne för, att hon inte orkade börja om från början utan blev kvar.

I sådant som inte längre fanns. I de hopfallande resterna av familjen. I något som närmast kunde kallas icke-liv, i femton år.

Hur många år hade hon ännu att leva som hon inte tänkte leva?

Vissa dagar kan Maria ordna om kartongerna så att de står i rumsordning efter gamla hemmets ritning. Rödprickade kökskartonger bredvid blåprickade vardagsrumskartonger, sedan till vänster i tur och ordning gul-, orange- och svartprickade kartonger efter barnens sovrum. Så sätter hon sig mitt i, på en av de rödprickade kökskartongerna, blundar och drömmer om att hon är hemma.

Hemma. Som om det fortfarande fanns ett hem.

30

Ibland stuvar hon om i kartongerna. Under ett par månader kan detta vara det enda viktiga i hennes liv, att packa om i kartongerna.

Sedan ringer hon barnen och säger att nu kan hon dö, för nu har hon ordnat det så fint så fint i kartongerna. Varsina alldeles egna kartonger har barnen fått.

Björnkartonger, Johankartonger, Leifkartonger.

När hon berättar får man inte avbryta, då börjar hon gråta, än mindre får man komma med några invändningar, då börjar hon också att gråta, för hon är så trött, hon har jobbat så hårt med att sortera så att varje barn ska få just sitt.

Det är barnteckningar, skolböcker, avlagda kläder, sönderlästa serietidningar. Sådant som inte kan kastas någonsin. De lyckliga åren måste lagras och bevaras.

Maria berättar anekdoter från när barnen var små: hur Leif lärde sig läsa i smyg, hur Björn for på scoutläger och fick magknip, hur Johan sparkade fotboll. Anekdoterna blir timslånga och alltmer omständliga: hur Johan kämpade med tandställningar, hur Leif sålde jultidningar, hur Björn blev tjock för att han åt för mycket smörgås. Efter hand börjar Maria blanda samman barn, händelser och år: de sålde alla jultidningar, de hade alla tandställning, de sparkade alla fotboll. Maria sitter bland kartonger och skrattar, hennes minnen är så många att de skockar sig.

Till slut har hon glömt vad det från början var hon skulle berätta, barnen har slutat lyssna. Ändlöst strömmar orden ur Maria.

Men när barnen öppnar sina kartonger märker de genast att där inte alls bara är de egna sakerna utan blandat som förut.

En gång sa Leif det. Att det var precis som förut. Då fräste Maria att det var det som var meningen, och nu var det minsann barnens tur att sortera.

Som en arvsynd ska kartongerna tas över av barnen.

31

Marias lägenhet hade kunnat vara ett trevligt hem, om Maria bara hade kunnat acceptera tanken på ett hem. Att lära sig att mista, hur ska man kunna göra det?

En gång frågade Johan varför hon inte skaffade bokhyllor. Då skulle hon kunna få upp alla böckerna och bli av med minst ett tiotal av kartongerna. Maria lyste upp och sa att det hade hon aldrig ens tänkt på, en sån strålande idé!

Därefter satt de i över en timme och planerade för bokhyllorna, var de skulle placeras, hur många hyllor som behövdes. Det låg en affär alldeles i närheten som säkert hade hemkörning, och Johan skulle kunna komma och montera hyllorna åt henne, så allt Maria behövde göra var att luta sig tillbaka i morfarsfåtöljen och titta på.

Johan blev ivrig och kände sig förunderligt lätt om hjärtat. Han anade hur enkelt det egentligen skulle kunna vara att rensa upp och städa ut hos mamman, han såg att hon skulle kunna leva i något som var ett vanligt hem. Om han bara fick skulle han kunna befria sin mamma.

Häva förbannelsen, bryta belägringen.

En riddare, en prins, ett barn som drömde om att ställa till rätta.

Det behövde inte vara som det var. Det hade kunnat vara annorlunda. Det var vad Johan förstod. Inte i ett enda rum ha två soffor, ett tiotal fåtöljer, tre TV-apparater, fem sex soffbord och tjogtals kartonger. Inte så.

Utan *en* soffa, *ett* par fåtöljer, *en* TV-apparat och *ett* soffbord, riktiga gardiner i fönstren, pelargonier, solsken, vårluft, fortsättning, ett liv som gick vidare, en mamma som inte skälvde av ångest.

Naturligtvis blev det aldrig något av. Maria köpte aldrig några bokhyllor, och kartongerna blev kvar.

Allt annat också.

Hennes mostrar och fastrar har börjat dö, så nya möbler och kartonger och minnessaker staplas hela tiden upp i hennes redan från början överfyllda lägenhet.

På femton år har hon inte fått upp gardinerna ordentligt.

Första åren nålade hon upp dem med häftstift. Allting var ju bara meningen att vara tillfälligt.

Här skulle hon ju inte stanna.

Så ärvde hon gardinstänger från någon faster som dog, och dem krånglade hon upp ovanför fönstren, hur det nu gick till. Visserligen sticker de ut en halvmeter från väggen och är på tok för stora, men de är åtminstone gardinstänger.

Över dem har hon kastat sina gardiner, inte hängt dem, hur skulle det se ut?

När skulle hon ha hunnit det med tanke på allt med kartongerna som måste ordnas?

Förresten har hon inte råd att köpa riktiga gardinstänger.

Frågar man henne får hon det där hysteriska i blicken, som ett sårat djur, hon har inte *rååååd* med gardinstänger, det måste väl barnen begripa!

På femton år har hon inte ens orkat fålla gardinerna, som fransat sig nära decimetern nere vid golvet.

Men det säger man inget om. Man vill inte plåga henne. Inte vara en av dem som plågar henne.

Dessutom ska hon ju inte bli kvar i den här lägenheten längre än nödvändigt.

Och av detta har också blivit en tillvaro, en sorts liv. Hon snitslar smala gångar mellan sakerna och kartongerna.

Genom gångarna ilar hon som en vessla, det är så mycket att hålla reda på.

Inget gör hon sig av med. Sedan den gången de förlorade allt har hon börjat samla på sig vad hon än kan komma över och håller sedan krampaktigt fast vid det.

Just nu har hon tre 26-tums TV-apparater. De står uppradade bredvid varandra. Barnen har erbjudit henne att bära bort två av dem för att ge henne större utrymme att röra sig på, men då blir hon nästan hysterisk.

Ibland är det så nära till avgrunden, i vissa fall är den bara ett par TV-apparater bort.

– Jag måste ha den andra om den första går sönder, säger hon, jag måste ha den tredje om den andra går sönder. Hur skulle jag någonsin ha råd att köpa en ny?

Så där står de och väntar, TV-apparaterna, bidar sin tid.

På vardera TV:n har hon placerat ett stycke broderad duk och ett prydnadsföremål.

För att det ska se nästan normalt ut.

Nästan trivsamt.

32

Att inte hålla fast vid det man uppnått utan släppa det som om det vore en lek. Som en fiskare som kastar abborren tillbaka i vattnet.

Den som vill behålla ska mista. Den som kastar bort ska vinna. Så står det i Bibeln.

Hur ska man kunna lära sig det?

33

Vintern gick och våren kom. Johan for på säljturné av och an i landet. Understundom kom han förbi den där ödesbestämda gula skylten ett par mil bortom Örebro.

Bara en gul skylt, tvingade han sig själv att tänka och trampade gasen i botten.

Från nya motorvägen såg man inte sjön mer än som ett obestämt skimmer mellan träden.

En skog som inte betydde någonting.

34

Ibland när Maria vaknar om natten och har svårt att somna om blir hon rädd, för hon vet inte var hon är.

– Jag vet inte var jag är! viskar hon och hör att det ekar mellan väggarna och kartongerna, och hon vill gråta för att hon är ensam.

Då tänder hon nattlampan, drar täcket ända upp till hakan och sjunger en sång för att hålla sig på gott humör:

> Jag satte glasögon på min näsa
> för att se om jag kunde läsa
> och jag läste att det var omöjligt
> att leva lycklig förutan dig.

Den sången brukade hennes far sjunga för henne om kvällen när hon var liten och skulle somna.

Först förrättades aftonbön, och de sjöng ”Bred dina vida vingar, o Jesus, över mig”, sedan, om Maria bad honom, sjöng fadern den andra sången. Mjuk var hans röst, och hon höll hans tumme i handen med ett fast grepp och såg på honom, som för att se om han menade vad han sjöng.

När Maria vaknar om natten och har svårt att somna om, brukar en ängel komma till henne som sällskap. Det händer också att han följer med när hon går ut på sina långa promenader. Ängeln är en äldre kraftfull man med svarta ögon och allvarsamt ansikte. Hans hår och skägg är grånat, ändå är det rakt ingen gubbe. Hennes skyddsängel är han, barsk och uppfordrande och alls inte mjäkig.

När Maria vaknar om natten och har svårt att somna om, går hon till slut upp och kokar havremust åt sig och sin ängel. Om tidningen hunnit komma läser hon den. Då och då kommenterar hon sådant som hänt ute i världen, och ängeln nickar eller skakar på huvudet beroende på vad det gäller.

Det är sällan han säger något själv, det är mest hon som pratar, men det gör inte så mycket. Han är lite för allvarsam för att prata i onödan.

Sedan vet han ju säkert redan allt som har hänt i världen och allt som ska komma att hända, och kanske får han inte avslöja för mycket för henne som är människa, utan hon måste själv förstå vad som är rätt och fel.

Ängeln har inget namn, men ibland och i hemlighet brukar hon kalla honom för pappa.

Hennes pappa var just så kraftfull med mörka ögon och allvarsamt ansikte.

Ludvig Nielsen som stammade från Fyn i Danmark. Som hon älskade honom. Han dog ifrån henne när hon bara var sjutton år.

Smärtorna tog honom. Han urholkades av dem, och i honom blev hål ur vilka livet sakta kunde rinna. Hon stod bredvid och tittade hjälplöst på. Kunde inte täppa till.

Över femtio år sedan nu, och i drygt femton år har hon varit äldre än han. Hon hann ikapp och gick förbi. Kanske skulle han bemöta henne med samma vänliga omtanke som han behandlade de äldre tanterna i församlingen om de sågs nu. Hon skulle vara sjuttio men han bara femtiofyra.

År och siffror sveper förbi.

Ängeln sitter på sängkanten, och hon håller hans tumme i handen med ett fast grepp och tittar stint på honom.

Hon är tillbaka i barnkammaren hemma i Örebro.

35

Ruben, Simeon, Levi, Juda, Dan, Naftali, Gad, Aser, Isaskar, Sebulon, Josef och Benjamin. Hon mindes ännu ramsan. Abraham födde Isak, och Isak födde Jakob, Jakob födde Ruben och elva söner till.

Bland alla Bibelns böcker var Första Mosebok Marias favorit när hon var liten. Berättelserna om patriarkerna, fäderna, och deras förbund med Gud, berättelsen om jorden som Herren gav dem och om hur allt började.

Såhär var det. När hon var liten bodde de vid Oscarsparken, i en stor våning där solen sken in genom höga fönster och burspråk. Sommartid stod fönstren alltid öppna, och rummen var svala och luften frisk att andas.

Familjen ägde skinnfirma och skofabrik. Hembiträde och barnjungfru hade de, och chaufför. Maria blev skjutsad överallt, vilket hon så småningom blev rasande på för hon kunde verkligen ta sig hem själv till fots eller med buss som andra flickor i hennes ålder.

Hennes ståtlige, duktige far var den stränge patriarken, bondson och läsare, och Maria var pappas flicka. Görel var mammas.

Görel grät och skyllde ifrån sig. Mamman trodde alltid på henne. Hon behövde aldrig stå till svars. Sprang Görel bort fick Maria stryk. Så var det.

Äldsta dottern, Erika, var på något sätt ingens. Hon stod i ständig opposition till föräldrarna, och genast efter flickskolan flyttade hon upp till Falun och seminariet där. Så fastän tvåa blev Maria storasyster. Hon fick ta hand om de andra.

När första sonen föddes efter de tre flickorna grundade fadern sitt skoföretag. På hustruns sida av släkten tillverkade de herr- och damskor, så fadern bestämde sig för att slå sig på barnskor.

Han hade speciella idéer om hur skor till ungar skulle vara. Läster som passade barnens utveckling, "det ska vara skorna som rättar sig efter barnens fötter, inte fötterna som rättar sig efter skorna".

Fabriken startades under depressionen 1932. Samma år som Per Albin blev statsminister.

Sedan blev fadern sjuk.

Först njurarna, sedan det där otäcka i lederna. Fadern hade blivit eländes sjuk. Maria ville inte tänka på det. Han blev sittande i rullstol, sedan sängliggande i många år. De opererade honom flera gånger, både på Karolinska sjukhuset och Örebro lasarett men oftast på Åsö sjukhus uppe i huvudstaden.

Efter en tid när lederna blev för besvärande stelopererades hans ena hand för att han skulle kunna hålla i pennan. Han skötte sitt arbete från sängen, precis som kung Karl Johan.

En av salongerna lät han inreda som sängkammare och mottagningsrum, det var den vänstra salongen, den med burspråk och fönster som i en kyrka med olikfärgat glas. Tunga dova sammetsdraperier hängde för fönstren och de bägge dörrarna, ekparketten täcktes av en tjock kinesisk matta. På var sida om burspråket stod höga palmer som nästan nonchalant sträckte sig i en väldig båge utmed väggen, och i rummets bortre hörn satt fadern i sängen med bolstrar och dynor som stöd för ryggen och arbetade i varje ögonblick som sjukdomen tillät honom.

Men det blev värre. Snart fick han också problem med luftvägarna. När han sov snarkade han så ruskigt hårt som om nånting hade brustit i honom. Som ett läckande rör, som ett fönster som stod och slogs sönder i blåsten.

Ofta smög Maria utanför dörren till faderns rum och lyssnade med hjärtat ängsligt pickande i bröstet, tänkte att det skulle sluta i katastrof.

Tätare blev det också mellan sjukhusvistelserna. Det framstod allt tydligare att Gud snart tänkte ta fadern ifrån dem.

Ty Gud gav och Gud tog. Gud straffade och Gud utsatte människor för prövningar. Ändå var Gud kärlek. Det var svårt att förstå allt detta med Gud.

När någon i församlingen avlidit brukade pastorn säga att de blivit hemkallade.

Det hade alltid låtit så vackert, som om livet var en utflykt och att man sen fick komma hem till ens riktiga hem som var i himlen.

Egentligen var alla änglar, förutom under en kort tid på jorden. Marias far skulle snart återta sin änglagestalt. Maria borde inte sörja utan vara glad.

Men Maria sörjde och fruktade och ville skrika av skräck för tomheten. Så otäck och självisk var hon.

Varje natt drömde Maria om ett hus som var tungt av sorg. Tomma, vita rum, trägolv, kakelugnar, verandor där färgen flagnade. Vissna löv hade blåst in på verandorna, och från en av dem såg man havet långt borta skimrande blått.

36

En morgon telefonerade man från sjukhuset där fadern var inlagd och bad dem komma.

Då gick de dit och vakade hos pappan, för nu skulle han dö. Läkarna gav honom inget hopp. Helt stilla låg han, andades sakta och med stor möda.

I ett stort vitt rum som var dödens och sorgens rum.

Maria höll faderns tumme i handen och såg på honom, väntade på att han skulle titta upp om än aldrig så kort och se på henne. I timme efter timme satt hon så, vägrade att släppa hans tumme.

I tur och ordning grät de, tillsammans bad de och sjöng psalmer.

”Härlig är jorden!” sjöng de, ”härlig är Guds himmel!” ”Tack Gud!” mumlade de, ”tack käre Herre Jesus!” De tackade Gud för allt, också för att han tog deras far. ”Tack Gud, käre Herre Jesus, lova Herren, sol och måne! Tack för att du ger oss kraft att härda ut! Tack för att du tar emot far! Tack, Herre, tack!” Inte en sparv till jorden utan att Gud det vet! Inte en själ mot döden utan hans kärlek!

Men mest satt de tysta och tittade på fadern, vars bröst långsamt hävde sig och sjönk ihop. Ansiktet vilade mot sidan och pannan rynkade sig vid ögonbrynen som om någonting ännu gjorde ont.

Framemot kvällen bad modern Maria gå hem med syskonen för att de skulle slippa bli där över natten.

Motvilligt släppte Maria faderns tumme och ledde Görel och småbröderna ut.

Strax därefter skedde miraklet.

På vägen hem kände Maria plötsligt hur det brände till i bröstet. En lycklig visshet fyllde henne och hon sa till sina småsyskon: ”Tack gode Gud för att pappa får leva!”

När de kom hem ringde modern från sjukhuset och berättade glädjestrålande att fadern som genom ett under vaknat till liv.

För han hade verkligen dött. Ett kort ögonblick hade han knackat på dörren till paradiset.

Senare berättade han för Maria att först var det som om han hade lyft från sin kropp och sett ned på sig själv och sin hustru som vakade över honom. Han hade försökt ropa, men hon hade inget hört. Sedan hade han känt sig lättare och lättare. Han började klättra uppåt på en stege som ledde till paradiset.

Paradiset var en vacker blomsteräng. På ängen kom släkten honom till mötes. Fadern med sitt skägg, modern och hennes två systrar, hon som inte kunde laga mat och hon som varit faderns *kæreste*. Där var hans bror som dött ung i blodförgiftning efter att ha blivit sparkad av en häst och hans syster som dött i diabetes för att det inte funnits insulin.

De var nog alla glada att se honom men tyckte att det var underligt att han var där redan.

– Varför kommer du nu? sa fadern, du har ju inte ordnat för Ellinor och barnen. De klarar sig inte om du stannar här i paradiset.

– Nej, först när du ordnat för dem är du välkommen tillbaka, fyllde modern i.

Och så fick det bli. Även om man befann sig i paradiset

var man fortfarande rejäla danska bönder och baptister, och det var viktigt att man gjorde rätt för sig. Så Marias pappa fick ta adjö och klättra tillbaka nedför stegen, ned i sin döda kropp och fortsätta leva ännu en tid.

Han kom hem igen och arbetade som vanligt i sängen. Fast han hade fått idén att han snarast måste sörja för barnens framtid, och han visste också hur.

Han skulle köpa dem en gård. Ett hus med skog och mark skulle ge barnen trygghet.

Hans släkt hade varit bönder i många generationer. Det var väl därför det tedde sig naturligt att köpa en gård. I stan bodde man för att man var tvungen, och en skofirma var nog bra på alla sätt, men när det gällde att sörja för familjens framtid, då var det till jorden och skogen man satte sin tillit.

Ett träd är ett träd och en åker en åker. Ett hus står stadigt när det stormar.

Eftersom fadern inte själv kunde åka runt och leta gav han Maria förtroendet att tillsammans med en kronojägare se ut några gårdar man kunde välja mellan. Maria och ingen annan hade haft sin fars förtroende, vilket gör att det fortfarande retar gallfeber på henne att de andra syskonen kunde sno henne på rasket.

Det var hon som fann Svarttjärn, det var hon som var blond och söt och charmade ägaren. Kronojägaren förklarade att skogen runt omkring var prima, och så blev det affär. Det var hennes förtjänst. De andra syskonen hade inte en aning om detta, för de var små. De var för små. Det var Maria och fadern, hon minns det så tydligt.

Hon vrider sina händer i vanmakt. En dag ska de få veta. Hon ska skriva dem ett brev som klargör allt för dem, och då ska de förstå och ångra sig och ge henne tillbaka.

Och de bundo kärvar på fältet, och hennes kärve reste sig upp och blev stående, och de andras kärvar ställde sig runt omkring och bugade sig. Precis så var det. Syskonen kunde säga vad de ville.

De hatade henne för hennes drömmars skull och för vad hon hade sagt. Så var det.

De var hätska mot henne för att fadern åt henne hade låtit göra en fotsid klädnad. För att det var fadern och hon som var i förbund.

Familjen kom snabbt att älska huset vid Svarttjärn.

Så fort våren kom flyttade de dit ut. Fadern lät bära ut sängen i trädgården och låg där i skuggan av ett träd och arbetade. Maria fick bära ut mat på en bricka till honom, och han strök henne över kinden och kallade henne sin.

Han fick henne att känna att hon tillhörde någon. Hon var hans. Erika var borta och de andra syskonen så små, hon och fadern stod i ett särskilt förbund med varandra, och hon blev räknad med som vuxen.

Hon brukade sitta hos honom under ljumma ljuva sommarkvällar. De sa inte mycket. Inte mycket behövde sägas. Han slumrade, hon passade så att mygg och knott inte bet honom, älvorna steg upp ur sjön och dansade för dem medan solen sjönk ned bakom grantopparna. Då och då slog han upp ögonen och såg på henne, de log mot varandra, och hon tryckte hans hand innan han slöt ögonen på nytt.

Jorden var deras, Herren hade givit dem detta land.

Gäddan slog i mörka vattnet, lommens rop bar över nejden, inget var så farligt som man kunde tro.

37

Svarttjärn låg inbäddad i en djup skog som man aldrig fick gå in i för långt utom när hela familjen plockade blåbär i augusti. Det var skogen som skulle vara deras trygghet när fadern var död. Det förklarade han ofta för henne. Hon var så nöjd att hon och kronojägaren hade funnit denna prima skog åt honom, denna trygghet.

Trygghet? Hon kommer aldrig dit numera. Inte sedan huset och skogen såldes. Förresten tog Ernst bilen vid skilsmässan. Det är inte någon ordning på nånting.

I skogen måste man ha höga gummistövlar för huggormarnas skull. Man måste dessutom hålla utkik efter björnar. En björnhona med ungar var det farligaste som fanns. Stötte man på en sån måste man lägga sig ned och spela död. Man skulle ju kunna tro att björnen var ett långsamt och klumpigt djur, men Maria hade läst i en bok att det var ”förvånansvärt vilka hastigheter en jagande björn kan komma upp i, bortemot 20 kilometer i timmen”.

Sådan var den, tryggheten, om man närmare synade den.

Nu för tiden finns inga björnar, för de har tagit slut.

Men hoppstället dit de brukade ro finns förstås kvar.

Fast Maria dyker inte längre. Hon doppar sig.

Käringdopp kallas det.

Hoppstället låg på andra sidan sjön. Marias småbröder

simmade dit ibland. Det var när de skulle vara riktigt käcka. Galningar! De kunde ju fått kramp mitt ute på sjön och hjälplöst sjunkit ned i sjöns djup.

Som barn undrade Maria ofta hur det kändes när krampen grep tag i en. Hon föreställde sig en namnlös smärta, och att man sjönk som ett blylod, som i drömmen.

Hon hade hört att när man drunknade skulle det finnas ett avgörande ögonblick då man var tvungen att ge upp kampen för sitt liv och släppa ned vattnet i lungorna. Sedan, sades det, var det värsta över, sedan var drunkningsdöden rentav skön.

"Tvi vale!" spottar gamla Maria sextio år senare, "tvi vale! Tvi vale för att få lungorna fyllda med vatten, tvi vale för att förlora kampen om sitt liv, tvi vale!"

Livet, mänskorna, allt, är en sörja som drivs, drivs fram på vattnet tills den sjunker.

Hennes tryggaste hem hade varit det där huset vid sjön, det där mörka spegelblanka vattnet, de vita trädgårdsmöblerna, den röda vaxduken med vita fransar, saftbrickan, de ovala kexen från Örebro kexfabrik, fadern som sov middag i trädets skugga, tallbarren som gjorde stigarna mjuka, grankottarna och gungan vid lillstugan, glasverandan, trappan ned till matkällaren och garaget, högsommarens svalkande eftermiddagsmoln – hennes arvsrätt.

Som ett barn äger utan att förstå att det inte är hennes. Som ett barn som inte kan ana att det kommer en dag då det tas ifrån henne, allt det som hon trodde var hennes, att hon inte är värd att visas hänsyn.

Äsch, vad hjälper det väl att gräma sig.

Sålt som allt annat. Ivägsopat.

Kvar har hon den gamla vaxduken. Röd med vita fransar. Ganska ordinär på det hela taget. Allt annat är borta. Grankottarna är borta och de ovala kexen från Örebro kexfabrik.

Vid Svarttjärn hördes storlommens rop. Av någon anledning har Maria i hela sitt liv förknippat storlommens rop med ekot från en frikyrkokör som hela familjen var och lyssnade till i ett tält en kväll i augusti några år efter att pappan startat sin fabrik.

Med bestämda och trosvissa röster hade kören sjungit: ”Vad hjälper det en människa om hon vinner hela världen men förlorar sin själ!”

Det var så enkelt och klart. Maria minns ännu hur hon ryste och tänkte att detta måste hon minnas som det viktigaste i sitt liv.

Framför sig såg hon stackars själlösa, världens olyckligaste varelser som inte längre ägde några hem.

De var som storlommens starka sorgsna klagorop – de utestängda – de som måste vinna hela världen som kompensation.

Detta tänker hon på när hon ligger omgiven av sina kartonger på Jungfrugatan.

Hon har inte vunnit världen utan förlorat den, men samtidigt var det som om hon förlorade sin själ.

Det borde inte vara så.

Josef blev kastad i brunnen och lämnad att gå under för sina drömmars skull.

Men tänk om också fortsättningen var en feberdröm som Josef hade: Potifar och Potifars hustru, Farao, de sju feta korna och de sju magra.

Kanske kom Josefs bröder aldrig till Egypten för att få säd, och kanske gömde aldrig Josef sin silverbägare i Benjamins ränsel.

Kanske var allt det bara en feberdröm som Josef hade

där han låg nere på brunnens botten och väntade på att dö.

Kanske blev han bara kastad ned i brunnen, och där tog historien slut, för ur en djup brunn tar man sig inte upp.

Och om man förlorar hela världen förlorar man sin själ, förlorar man allt.

– Jag stiger ner...

– Stig inte ner fröken, hör mitt råd! Det är ingen som tror att ni godvilligt stiger ner; folket kommer alltid säga att ni faller ner!

Man beundrar dem som reste sig upp ur sitt armod och arbetade sig fram, skaffade sig utbildning och titel, som svingade sig upp, som erövrade positioner som ingen trott var möjliga, och man beundrar det samhälle som gjorde såna sagor sanna.

När det gäller Maria är det emellertid annorlunda beskaffat. Hon har också gjort en klassresa, men en klassresa nedåt.

Bara några tiotal år tidigare hade hon haft skyddsnät i form av släkt och familj som hade kunnat fånga upp och dämpa hennes fall, men släktens funktioner var nu reducerade till julaftonsfirande och födelsedagsgratulerande, och från det nya samhälle som trätt emellan och ersatt det gamla fanns varken tröst eller sympati att hämta för sådana som Maria.

Det borde göra ett obetingat gott och glatt intryck att åse kronoparkernas gallring från murkna överåriga träd, som stått för länge i vägen för andra med lika rätt att vegetera sin period, ett gott intryck såsom när man ser en obotligt sjuk få dö.

Från den stora våningen vid Oscarsparken, där solen sken in genom höga fönster, till portvaktslägenheten på

Jungfrugatan, dit solen över huvud inte når – en klassresa men en klassresa nedåt, en svensk saga av ett annat slag, som ingen egentligen gitter höra.

Och de tog hennes livklädnad, hennes fotsida klädnad, och lämnade henne på botten av en brunn.

Hon vill vara storlommens starka sorgsna klagorop, men när hon öppnar sin mun kommer inget läte alls.

Bara klockan slår i köket.

38

Johan är framvuxen ur en väldig sorg. Hans ansiktes drag är mejslade ur hans familjs tragedi, och ännu präglas nästan allt han gör av det som hände de där åren som det är förbjudet att tala om.

Ibland minns han ingenting.

Tillfrågad om sin barndom svarar han: ”Jag föddes i Sollentuna, sedan gick jag ut gymnasiet.”

Inte mer än så.

Han kan också fabricera minnen: ”Jag och min bror sov i en våningssäng när vi var små.” ”Söndagsmornar åt vi alltid mannagrynsgröt.” ”Staketet utanför huset var av metall.”

Sådant som han tror är sant och som han tror att han minns. Sådant han uppfunnit eftersom han blivit tillsagd att inte minnas.

Döma till glömska, sudda ut.

Hos honom finns idén om att de hade varit lyckliga. Han frammanar bilder av en familj som var lycklig och som firade somrar och julat, föräldrar som bad aftonbön och delade ut veckopeng, barn som var med i idrottsföreningen och kommunala musikskolan, en familj som inte blivit prövad.

I veckorna arbetade föräldrarna hårt medan barnen gick i skolan och fick höga betyg, och om söndagarna for familjen in till baptistkyrkan i stan och tackade Gud för alltihopa.

För de var ovetande om allt annat än sin lycka. Deras ögon var blå, deras bil var blå, och himlen som spändes över deras liv var blå.

Och Gud såg på dem från sin himmel, och han yvdes och gladde sig, och han sa: ”Se på min tjänare Maria och hennes familj! Ty på jorden finns icke deras like i ostrafflighet och redlighet, inga som så fruktar Gud och flyr det onda.”

Och djävulen svarade: ”Är det då för intet som de fruktar Gud? Du har ju givit dem så mycket. Men räck ut din hand och ta tillbaka, ska du se vad som händer.”

Så Gud och djävulen ingick en sorts vad, och Gud lät djävulen göra lite som han ville med den lyckliga familjen för att pröva dem, och med det var lyckan slut.

39

Hon glömmer det aldrig, för hon stod och tvättade fönster hemma när telefonen ringde, och hon steg ner från stolen och gick för att svara, och alldeles innan hon lyfte luren vände hon sig om och såg ut genom fönstret hon höll på att putsa, och solen sken in, och hon tänkte att det var bra att hon putsade fönster nu, för det skulle bli en vacker vår.

Så lyfte hon luren och en röst i andra änden sa: ”Din son är knarkare, och tror du mig inte så titta på hans armar.” Och Maria sa: ”Jaha. Ja, det ska jag göra!” och lade på luren och tittade ut genom fönstret hon höll på att putsa, och solen sken in, och hon tänkte att Björn på sista tiden envist burit långärmade tröjor, och sedan skrek hon, och det blev en helvetes vår.

40

Först panikade de och försökte hindra Björn från att över huvud taget komma ut, men det lyckades naturligtvis inte, trots att de skruvade bort handtagen från både dörrar och fönster.

Han slog sönder fönsterglaset och tog sig ut. Som en varg.

Med besatthet sökte de honom i en halvvärld av narkomaner och kriminella. Alla dessa kvartar som de trängde sig in i för att hitta sitt barn, de sökte och sökte. Alla dessa adresser som de snart kunde utantill, som etsade sig fast som onda tecken i deras medvetanden så att de aldrig skulle kunna suddas ut igen.

Rena blev de aldrig mer.

Med besatthet sökte de Björn – patrullerade, spårade upp, letade i trappuppgångar och källare, för att dra med sig hem, för att få in på avgiftning, för att låsa in, för att stoppa och hindra och ställa sig ivägen.

För att göra någonting som de inte visste vad – göra ogjort, göra som det var förr, innan helvetet brakade loss.

Inte visste de egentligen. De visste bara att de måste.

Kanske som en sorts bot för att de låtit det ske utan att ha förstått.

När Björn kommit hem med insjunkna kinder hade Maria ställt sig och lagat mat.

Därför. För den oförlåtliga naivitetens skull.

För att de tagit lån och köpt Björn en lägenhet och inte fattat att de bara hjälpte honom att gå ner sig. För att de lät honom sluta skolan. För att de slätat över och skyllt på pubertet och tonårsrevolt och inte sett de tecken som de nu efteråt såg så skrämmande tydligt.

Därför.

Och för att han inte skulle dö ifrån dem.

Bara bara därför.

Det var en kamp i gyttja.

De trampade med benen och fäktade med armarna men drogs allt längre ner.

Det blev till en märklig vardag. De lärde sig allt om narkotika och avtändning och polisen och vårdkollektiv.

Ingenting hade de haft en aning om, men de lärde sig.

De lärde sig hur man förändras, hur man slutar gå ut, hur man slutar vara glad, hur man ljuger för släkten och tiger för vännerna. Hur man förändras så att man inte längre är som man brukade vara. Man blir ängslig och skygg, man tackar nej varje gång man blir bjuden på fest, för man orkar inte och har inte lust och inte tid.

Man håller sig för sig själv i det hemska som är ens vardag.

Var dag. Varje dag. Dag efter dag. Oavbrutet.

Tills man är slut och är ett tomt skal.

Någon flyr – fadern. Någon stannar kvar – modern. Ekonomin går i botten. Hjärtinfarkterna kommer och sömnproblemen och magsåren. Vännerna drar sig undan, som flockdjur drar sig undan och överger det djur som luktar sjukdom och död.

De lärde sig att människan lever en liten tid och mättas av oro, lik ett blomster växer hon upp och vissnar bort, hon flyr undan såsom skuggan och har intet bestånd.

En kamp i gyttja, längre och längre ner.

41

Detta var den stora hemligheten.

Gustafssons teg för Wendels och Wendels teg för Gustafssons.

Om de nån gång kom så pass på fötter att de nådde upp till fönstret vinkade de och signalerade att allt var prima innan de drogs omkull på nytt av demonerna.

Var och en har nog av sin egen plåga, och varför skulle man behöva skylta med skammen?

Så Gustafssons teg för Wendels och Wendels teg för Gustafssons, och de hade kräftskiva tillsammans, och där satt de och teg.

De teg med sina löjliga hattar på huvudet, och de blev fullare och fullare och de sjöng – de sjöng ”Jag hade en gång en båt” och ”Calle Schewens vals”, och Maria hade kopierat ett häfte med sångtexter på jobbet, och fru Wendel bar peruk, och de svor att de aldrig nånsin haft så roligt förr i sitt liv.

För man måste försöka, man måste bjuda till, och augustinattens stjärnhimmel var svindlande och oändlig.

Herr Wendel lade armen om professor Gustafsson och sade att ja jädrans så lyckligt lottade de var som hade professorn som granne, och professorn lovordade Wendels gräsmatta och sa att tätare gräsmatta hade han aldrig sett, och herr Wendel fick tårar i ögonen av rörelse och sa att säger du det, säger du det, och man förstod att detta skulle Wendel alltid minnas som något av det finaste som någon nånsin sagt till honom.

En pappersmåne fattade eld, men ingen såg det som ett omen, utan de skrattade alla.

Se så det brinner, mera, mera!

Och medan de sög på sina kräftor och teg och sjöng och skrattade och fru Wendels peruk hamnade mer och mer på sniskan, låg Gustafssons son och Wendels dotter på varsin toalett inne i stan, skakande av knarket som sakta brände deras kroppar till aska, och ingen visste om den andra.

För Gustafssons teg för Wendels och Wendels teg för Gustafssons. Skammen frätte sönder dem, och oron, ändå höll de masken utåt, det var enda sättet, så sa de till sig själva, men varför det var enda sättet fick ingen nånsin veta.

42

Som själva berget faller och förvittrar, och såsom klippan flyttas ifrån sin plats, såsom stenen nötes sönder genom vattnet, och såsom mullen sköljes bort av dess flöden, så går ock människans hopp om intet.

Flera gånger hände det att Maria måste fara in på akuten med spruckna tänder, igenmurade ögon och brutna revben. Varje gång ljög hon för läkaren om den egentliga orsaken till skadorna.

Dessutom – den som slog henne var inte Björn, det var någon som hade tagit plats i Björn. Hon såg hans ögon när han slog henne, och det var inte Björns ögon, det var någon annan som tittade tillbaka på henne med ögon svarta av hat.

Det var dessa år hon började att tro på djävulen.

Det var nu hon lärde sig att svära. Ovant lät det i hennes mun och barnen måste skratta när mamman svor.

Hon försökte skydda Björn från polis och myndigheter. Om han inte gjorde rätt för sig försökte hon göra det för hans räkning. Men brotten växte och hon kunde omöjligt hålla jämna steg, och myndigheterna blev alltmer obenägna att förlåta. Varför skulle de?

Han blev ju äldre, han blev vuxen.

Dagen han fyllde arton och blev myndig satt han häktad för inbrott. Maria gick och hälsade på honom, och polisen letade igenom hennes påse med hallonbåtar på jakt efter knark. De misstänkte henne för att vilja smuggla in narkotika till sin egen son. Hon kunde inte tro att det var sant.

– Vad vill du? Vad gör du här? satte de åt henne.

– Han fyller år, viskade hon, han fyller ju arton år!

De tvingade henne att förödmjuka sig och gråta inför dem innan de släppte in henne i besöksrummet.

Ledsagad av en vakt kom Björn in. Han slängde med armarna, lät henne inte krama honom, svarade vresigt på hennes ängsliga frågor, avbröt hennes oro med: ”Köpte du cigaretter?”, reste sig, satte sig igen, trummade ilsket med fingrarna mot bordet.

– Vad vill du? frågade han, vad gör du här? Ta dina jävla hallonbåtar och försvinn!

Hallonbåtar över golvet. Vaktens bestämda hand på hans axel.

– Nu går vi tillbaka.

– Rör mig inte, plitjävel, rör mig inte sa jag!

Björn fördes tillbaka till sin cell.

Maria låg på knä och plockade hallonbåtar.

Visst var det löjligt med hallonbåtar, men hon hade inte kommit på något bättre.

– Förlåt, viskade hon till vakten som kom tillbaka för att leda henne ut, och som inte lyfte ett finger för att hjälpa henne.

Och hon tog sig en lerskärva att skrapa sig med, där hon satt mitt i askan.

Djävulen viskade henne i örat:

– Håller du ännu fast vid din ostrafflighet? Tala fritt ut om Gud och dö!

– Jag håller fast, mumlade hon till svar.

För hon gav inte upp. Hon kastade sig inte ut.

Blev kvar där hon var på frestelsernas berg.

43

Ibland måste hon ta Johan med sig för att städa upp i någon lägenhet Björn och hans anhang utnyttjat och lämnat bakom sig. Det var förfärligt att den yngre sonen skulle behöva se eländet, men hon klarade det inte alltid själv.

Knarkarkvartar var intorkat bajs på parkettgolvet som fick karvas dän med kniv, det var igenproppade toaletter, flera veckors avföring och dasspapper i en överfylld toalettstol, spyor i handfatet, lortiga badkar och igengrodda kök, brännmärken i linoleummattan, disk som stått i månader och pizzakartonger, möglande matrester, fimpar, kanyler, tomma ölburkar och vinflaskor, sovrum med madrasser på golvet, smutsiga kalsonger, nedklottrade väggar, sönderrivna porrtidningar, levrat blod, stinkande sängkläder, djävulens hemvist, helvetet.

Helst hade hon velat dränka in alltsammans i sprit och tända på, men hon städade och tvättade och skrubbade och karvade och skrapade och skurade och diskade, och hon teg och hon grät och hon snorade och hon svor – hon uttalade djävulens namn, för hon hade fått lära känna honom.

Hon ropade på Gud, men han svarade henne inte. Hon fortsatte med sitt skrubbande och tvättande, och hon visste att inte ens månen skiner nog klart, inte ens stjärnorna är rena i hans ögon.

44

Från myndigheter och åklagare fick de sällan reda på någonting, och i samma ögonblick som Björn fyllde arton förlorade de kontrollen fullständigt. Polisen, om de hittade honom, kunde bara säga att hans föräldrar sökte honom, men de kunde inte ta honom med sig.

Maria och Ernst fick jaga honom på egen hand.

Någon kunde säga: ”Igår såg jag honom i Sollentuna Centrum”, och de begav sig dit, trots att det var igår han hade setts och nu lika gärna och troligare var i andra änden av stan.

Ändå begav de sig dit och befann sig på så sätt nästan alltid en dag efter sin son.

De kunde få tips om att Björn hade setts i det eller det förortsområdet, och även om de visste att det var hopplöst tog de bilen och började söka. Ernst ville inte, men Maria övertalade honom, hon stod inte ut med att sitta hemma och vänta.

Så de åkte, i timme efter timme, mil efter mil, planlöst, rastlöst, genomsökte stora områden med hundratals småvägar, det gav inget, men de åkte i alla fall, dag och natt, för kanske fanns han bakom nästa vägkrök eller bakom nästa.

De skulle bara rädda honom, till vilket pris som helst.

Hon försummade sitt arbete, hon försummade Svarttjärn, och inget kunde hon berätta. För omvärlden framstod hon som en kvinna som inte höll måttet, en lating, en odugling, och någon upprättelse kunde hon inte få med mindre än att hon förrådde Björn.

Syskonen var rasande på henne för att hon inte kom till Svarttjärn på höstkanten och hjälpte till att kratta löv, medan hon för sin del satt på akuten med sönderslaget ansikte och ljög om vad som hade hänt.

Just detta att hon inte hjälpt till med krattningen ordentligt kastade hennes yngste bror i gäll falsett henne i ansiktet när de träffades den där gången för att diskutera Svarttjärns framtid.

Lövkrattning? Nej, hon hade inte krattat löv, hon hade varit fullt upptagen med att försöka rädda sitt barns liv, och så miste hon Svarttjärn därtill.

45

Björn kom hem när han måste sova ut.

Man visste alltid om han var hemma, för afghanpälsens skull. Det stod en söt stank av smuts och ingrodd rök från den som kändes i hela undervåningen.

Amfetaminet tog bort både hungern och tröttheten men gjorde Björn utmärglad och urgröpt med onda ögon, små som råttskitar.

När han kommit hem sov han i ett dygn. När han vaknade var det med abstinensen brinnande i kroppen.

Uppe i köket på övervåningen satt familjen och åt frukost, låtsades att de var en vanlig familj, men de teg och de tassade för att inte väcka honom därnere, och tigandet och tassandet avslöjade dem.

Spända avvaktade de hans tunga steg i trappan upp. De visste att det var djävulen själv som kom på besök.

När han var i köket vågade ingen röra sig. En enda rörelse kunde vara nog för att utlösa hans vrede. Maria följde honom oroligt med blicken, de yngre bröderna knep ihop ögonen och beredde sig på att ta emot slagen när de kom.

Och de kom.

Något passade honom inte, någon liten detalj som att lättmjölken var slut och han fick nöja sig med standardmjölk eller att frukostosten var av fel sort eller att någon av småbröderna såg ut på något sätt som misshagade honom. Det var som om han medvetet sökte saker att reta upp sig på för att kunna låta sin ondska rinna över. Det var som om han njöt av att terrorisera familjen, av att se dem ängsligt försöka tolka hans humör och rätta sig efter hans nycker.

Han kunde tala med röst len som sammet för att få dem att slappna av, och i ögonblicket efter vråla och ryta som en av demoner besatt.

Utan förvarning pumpade han upp sig till ett utbrott. Han började rasa, slita och slå i köksskåpsdörrarna, han kastade stolarna i väggen, vräkte ned frukostmaten på golvet. Bröderna försökte hukande skydda sig. Maria knuffades undan när hon försökte gå emellan.

Maria bad honom att vad han än gjorde inte slå sönder porslinet. Då slog han sönder porslinet. Om hon bad att han inte skulle hota dem med förskäraren, var det just det som han med ett leende gjorde.

Ändå släppte hon inte taget, hur mycket han än sårade henne.

Professor Gustafsson ville se honom död, men hon vägrade.

Björn var hennes son. Tungt träffade Björns nävar hennes ansikte när han slog.

Näsan sprang i blod, läpparna sprack, tänder slogs ut. Hon klamrade sig ändå fast. Han skrek, hon skrek, bröderna skrek. Djävulen skrek att hon skulle kasta sig ut, men hon klamrade sig ändå fast.

Björn fick för sig såna saker som att pröva hur många gånger han kunde spotta sin mor i ansiktet och ändå få förlåtelse.

Han spottade och flinade. När modern teg och tog emot harklade han sig och spottade igen.

– Vänd andra sidan till! befallde han och spottade på

nytt. Fitta! skrek han åt henne.

Hon var en fitta, och han skulle döda henne! Sugga! Subba! Hagga! Han skulle döda henne! Hörde hon det! Fitta! Fitta! Fitta!

Och fittan släppte inte taget.

Björn gick ned på sitt rum för att klä sig och kom upp för att kräva pengar innan han stack. När han inte fick några hotade han åter att döda dem alla. Han ondgjorde sig över att de bodde i en borgerlig villa när de kunde tränga ihop sig i en tvårummare och ge honom pengarna. Samtidigt som han skrek gick han med sin ryckiga gång runt i huset för att finna något av värde att stjäla med sig. Maria följde efter för att se att han inget tog, varpå han fick ett nytt vredesutbrott för att hon inte litade på honom. Vad var det för jävla skitmorsa som inte litade på sin son?

– Jag ska inte köpa nåt jävla knark! Jag ska inte köpa nåt jävla knark säger jag ju, jävla sugga, jag är skyldig ett par polare pengar, var lite jävla schysst för en enda jävla gångs skull då, jävla förbannade fitta, skyll dig själv då, jag ska döda dig!

– Låt mamma vara!

– Lägg dig inte i det här, ungjävel!

– Du rör inte mamma!

– Dra åt helvete innan jag slår ihjäl dig!

– Gå in på ditt rum, Leif! Du också Johan, och lås dörrarna!

– Varför ska de låsa dörrarna, din jävla fitta?

– Skynda Johan, spring!

Från sina rum hörde de dunsar och skrällar i köket, de hörde storebrodern attackera modern, och inget annat kunde de göra än att höra på, och de hörde varje ljud, varje duns, varje smäll.

Men när han väl slog henne brukade det bli tyst.

Han skrek kanske något: ”Fitta! Fitta! Fitta!” men det var ett ensamt skrik.

Hon tog tyst emot. Som ett offerlamm.

Sedan blev det tyst på riktigt. En lång vit tystnad.

Då visste de att han hade gått för den här gången.

Johan och Leif kom ut ur sina rum och började trösta sin mamma och städa upp efter brodern.

Sedan ringde de varsin kompis: ”Nej, du kan inte komma hit, men jag kan kanske få komma till dig?”

I hemlighet förbannade de sin bror och bad sedan ångestfyllt till Gud om förlåtelse, för inte fick man hata sin egen bror, vad som än hände, det var nästan en dödssynd.

Åter började de förtränga vad som varit, för de var ålagda att glömma.

Maria själv reste sig, kall av skräck, tung av sorg, intill döden trött.

Hon städade undan förödelsen och koncentrerade sig på att fortsätta andas.

Att hålla näsan över vattenytan. Att inte drunkna.

Det var det enda hon bad till Gud om.

46

Tänderna ruttnade i munnen på honom.

Han kammade sig och kammade sig. Det långa håret måste ligga perfekt.

Med stor möda odlade han en ful mustasch. Han gick ryckigt, slängde med armarna, han ägde världen.

Han var helt avmagrad, kinderna var hopsjunkna och kraniet avtecknade sig tydligt mot huden.

De gulsotsgula ögonen glimmade trötta och onda långt inne i sina hålor, som vakande reptiler.

I över en halvtimme stod han i duschen för att sedan ta på sig sina stinkande jeans och sin stinkande jeansväst.

Han var ett fåfängt avskum.

Oskyldig och skyldig. Djävulen for in i Judas, som genom en öppen dörr in i ett tomt rum.

Han kammade sig och kammade sig. Såg han inte själv att han såg omänsklig ut? Kanske såg han hur ful han var, och därför kammade han sig, som om kamningen kunde göra honom vacker.

Såsom hans skratt var falskt, kunde han inte heller le med värme. Han var aldrig lycklig.

Sällsamt var det hat han bar.

47

Bara några år tidigare hade han skrivit sagor åt de yngre bröderna. Han ritade serier och startade hemliga klubbar med medlemskort och diplom. När Halvsju gick på TV brukade småsyskonen gissa vilket transportmedel Jon Blund skulle komma farande i, och om de gissade rätt gav Björn dem en knapp med en av hans seriefigurer på.

Vid arton års ålder hade han haft två hjärtstillestånd vid överdoser. Vid nitton dömdes han till fängelse första gången. Dessförinnan hade det varit vårdkollektiv, ungdomsfängelser och avgiftningar i olika omgångar.

Vanmakt grep om Marias hjärta. Han var ju så ung, bara ett barn. Han startade hemliga klubbar, han skrev sagor. I vilket ögonblick var det hon hade underlåtit att förstå att han höll på att glida utför en avgrund? Gud, straffa gärna henne för att hon inte sett och inte anat i tid. Men straffa inte honom.

Maria kunde ligga vaken hela nätterna och grubbla på utvägar för Björn. De här åren bäddade hon åt sig på vardagsrumssoffan. Då hörde hon genast om någon gick i ytterdörren. Ända sedan pojkarna var små var hon van vid att sova lätt och vakna vid minsta hostning från barnens rum.

Björn var den förste, den mestälskade. Maria var över trettio när han föddes och hade haft ett missfall året innan. I henne hade han blivit till som ett Guds mirakel, och nu ruttnade tänderna i hans mun.

Maria låg på vardagsrumssoffan och stirrade upp i taket.

Detta var hennes hem, vad hon byggt upp i livet. Blomkrukor och Iittala-ljusstakar i fönstren, ett badrum med citrongult kakel och mörkgrön badrumsmatta, ett kök med duralexglas som man skulle kunna tappa i golvet utan att de gick sönder. Det var här hon skulle vara som tryggast, dessa hennes lyckligaste år.

Ett par tafatta grankvistar som vindskydd när en orkan nalkades. Så naivt att tro att djävulen skulle låta bli att komma på besök bara för att man sa att han inte var välkommen.

Stora var fönstren i vardagsrummet, tunna var rutorna. Vad hjälpte det då att låsa dörrarna?

Hon låg på vardagsrumssoffan. Det var natt. Hon försökte låta bli att skrika. I de angränsande rummen sov Johan och Leif. Detta var också deras verklighet. Hur mycket skadades de av vad de upplevde? Det enda hon kunde göra för dem var att inte skrika högt.

Inte skrika när hon blev slagen, inte skrika så att hon väckte barnen, inte skrika när hon tyckte att hon hörde någon som smög runt huset och kanske skulle bryta sig in.

Ensam vakade hon genom natten.

I köksskåpen stod husgerådet. Ett par hyllor med glas, ett par hyllor med koppar. Varje barn hade varsin alldeles egen keramikmugg. I ett skåp hade de alla tallrikarna. Flata, djupa, sådana de använde och sådana som bara stod där. I lådorna bestick, vispar och brödkavlar, bakplåtspapper, aluminiumfolie, knäckformar, tvåliters och treliters fryspåsar, servetthållare, snören, Karlssons klister, inte längre några kökknivar, dem måste hon gömma, men annars var allt som det skulle se ut i ett riktigt hem – köksbordet var rent och avtorkat, redo för nästa dag, disken stod i stället, wettextrasan låg över kranen, barnens skolscheman var upptejpade på kylskåpet, från fönstren hängde blå gardiner, detta var helvetet, och det var hennes liv, och hon var mitt uppe i det.

Försökte finna utvägar.

Fann inga.

Försökte förstå, men det som gick att förstå var för fasansfullt. Som om Gud och djävulen ingått ett vad.

Hon härdade inte ut men måste härda ut. Hon skrek inte.

Grät kanske men skrek inte.

Grät tyst så att de andra barnen inte skulle vakna. Från köket hörde hon klockan ticka.

En sekund, en sekund, en sekund.

Framåt, framåt, framåt.

48

Vad orsakade vad? Skulle professorn någonsin ha lämnat familjen om Björn inte börjat knarka? Skulle Maria kunnat behålla jobbet? Hade villan kunnat räddas? Allt det som gick på exekutiv auktion? Huset på Mörnö? Svarttjärn?

Var det knarket som orsakade att allt föll samman och att Maria fick samla ihop resterna i flyttkartonger?

Inget hade blivit sagt. Varken nu eller då.

För att skydda Björn ålade Maria alla att tiga, för att ge honom en chans att börja om och inte vara dömd på förhand.

Hon gav Johan och Leif tillåtelse att välja ut en enda kamrat att anförtro sig åt. I övrigt måste de tiga. Annars var det deras fel om storebrodern dog.

Leif valde sin bästa vän att berätta för. Men vännen blev rädd och ville inte ha mer med Leif att göra, och sedan fick Leif inte berätta för någon annan, för gjorde han det var det hans fel om storebrodern dog. Han var tolv år gammal och bar allt inom sig.

Johan vågade inte välja någon alls. Eller, rättare sagt, han minns inte. Kanske berättade han för alla. Fast det gjorde han inte. Ibland minns han hur tyst han blev de där åren och hur ensam han gick, för om han inte gick ensam skulle han skrika ur sig alltsammans.

Han tror att det är så, men där det borde finnas minnen

finns mest luckor som han fyller ut med påståenden om sin barndom:

”Jag och min bror sov i våningssäng när vi var små.” ”Söndagsmornar åt vi alltid mannagrynsgröt.” ”Staketet utanför huset var av metall.”

Han kan ana att det inte är sant, för han känner ju att han är framvuxen ur en väldig sorg, han ser ju att hans ansiktes drag är mejslade ur en onämnbar tragedi.

Men han har inte tagit reda på mycket mer än så, för dessa år är det förbjudet att tala om.

Någonting finns där, ouppklarat hotfullt och ogenomlyst, som han dömt till glömska och suddat ut.

49

Johan trodde att han skulle bli konstnär, men det blev han inte. Han blev en sån som dricker rumsvarm lättöl till maten, ja, han blev en av dem som står med röd plastbricka i lunchkön i väntan på att få äta sånt som har kokat för länge.

Elfte natten gratis på Scandic Hotel.

Han drömde om segrar, han drömde om storhet – och om nåt han inte själv visste vad det var. Ibland när han ligger i sängen om kvällen och ska sova händer det att han minns hur mycket han drömde, och han vänder sig mot väggen och blundar hårt.

Väggen är sval mot hans panna. Han var en av dem som klappade på dörren till Hjältarnas Café. Men han fick inte vara med.

Nu planerar han för semestern. Två veckor på Mykonos. Någonting att leva för.

I augusti i Stockholm har de homosexuell frigörelsedemonstration. Där går han inte med. Men ett år stod han bredvid och tittade på.

Bättre vara en levande hund än ett dött lejon.

Hur många skulle inte hålla med honom om det. Vi är gudar, men vi har häktat av våra vingar, hängt dem på en krok och köpt pensionsförsäkring.

Vi skulle kunnat vara modiga. Nu är vi inte det.

Men är man bara medlem i Konsum kan man denna

vecka så långt lagret räcker köpa lövbiff av innanlår för 79 kronor kilot, Marabou mjölkchokladkaka för 14:90 och sexpack toalettpapper för 17:90.

Som tröst i vår förtvivlan på frestelsernas berg.

Dock längst till och med den 29 mars.

Sedan är också det för sent.

50

Första gången Johan kom till Klara Norra Kyrkogata var han fjorton eller femton år gammal.

Att han hamnade där var en slump likaväl som det var oundvikligt. Alla vägar bar dit. Hören något går och viskar, går och lockar mig och beder: Kom till oss, ty denna jorden den är icke riket ditt!

Jo, han hörde hur de viskade på honom, bakom stjärnor, bakom hans heta hjärta: ”Kom till oss! Här är vi!”

Och han letade på stadens alla gator utan att ens veta vad han sökte, gick och gick innesluten i sitt ensamma tonårskap.

Så en kväll i juni när solen sjönk som en röd sten genom molnen och färgade himlen i purpur och orange och kastade sina sista gyllene strålar att blänka i en av Klara Norra Kyrkogatas butiksfönster, hände det att Johan gick förbi och såg skyltfönstret bada i guld, och när han ställde sig och tittade såg han att bortom guldet skymtade tidningsomslag där nakna pojkar höll om varandra, och han flämtade till och kunde inte slita ögonen från det han såg.

På trottoaren bakom honom närmade sig samtidigt två män från olika håll. När de passerat varandra stannade bägge som på ett givet tecken och vände sig om efter varandra. Den ene tog upp en cigarett och frågade efter eld. Den andre tog fram en tändare, och den förste kupade sina händer runt lågan för att skydda den för vinden, och det var något i männens rörelser, deras åtbörder mot varandra, deras närhet, som gjorde att det brände till i Johan. Han såg dem i skyltfönstrets förtrollade gyllene spegel, och han visste omedelbart att han var framme och hemma, om nu sådana som han kunde äga ett hem.

Här fanns de som hade viskat och lockat på honom. Det var här hans heta hjärta slog som hårdast. Johan svalde av upphetsning, hans ögonlock darrade när han slöt dem, och han bad till Gud och tackade för att han hade fått hitta fram.

51

Det var mellan Kungsgatan och Mäster Samuelsgatan som Klara Norra Kyrkogata var porrgata. Allt som allt inte mer än ett par kvarter. Futtigt som synd betraktat, ändå legendariskt. Klara Porra.

Några klubbar med live show och posering, ett par heterobiografer samt några butiker som sålde tidningar och sexartiklar. Butikerna hade i regel också ett antal videobås med tunna masonitväggar där man kunde se film och runka av sig. Privatvisning kallades det och bestod av en TV-skärm, en pall, en toalettpappersrulle och en askkopp.

Klubbarna och biograferna var strikt heterosexuella, men i tidningsbutikerna samsades alla. Där fick man vara vad man ville – hetero, homo, transsexuell. För den ensamme fanns avskurna kvinnohuvuden i gummi att tömma sig i, gummifittor, gummikukar eller vad man ville ha.

I butikerna föraktade man ingen böjelse, där fick varje smak sitt lystmäte: män utstyrda till bebisar som fick blöjor av mamma, bilder på stinna bröst där mjölken sprutade ur vårtorna, en hel avdelning med tidningar där kvinnor kissade på män eller där män kissade på kvinnor, där de bajsade i varandras munnar, munnar öppna som fågelungar som väntar på att bli matade, bilder där de satt vid vackert dukade bord, reste sig och kissade i kristallglasen, bajsade på silverfaten, skål och välkomna, detta var mänskligheten, en höggravid kvinna i raffset och brudslöja som blev knullad av tre män samtidigt, en annan kvinna som blev påsatt i bägge hålen medan hon kraftigt kräktes, en man som fick ollonet genomborrat av nålar, en annan man i nätstrumpor och högklackat som knullade en liten flicka i stjärten med sin jättelika penis, en resa, en resa in i medelklassens mörka hjärta.

Klara Norra Kyrkogata blev Johans hem som tonåring. Det var där han lärde sig att människor är mycket mer än vad de ser ut att vara.

I den vackraste villan i Enskede finns en tortyrkammare i källaren.

I kökslådor finns hundkoppel också hos dem som inga hundar äger.

När Johan representationsäter runt om i Mellansverige nu femton år senare händer det att han funderar på om hans lunchgäster har spetstrosor på sig under kostymbyxorna, eller kanske kukring i metall trädd kring lemmen. Johan ler hela tiden och släpper aldrig de andra med blicken.

Han vet att man aldrig vet på vilka hemliga drömmar människor bär.

På Klara Norra Kyrkogata lärde han känna dem.

Tysta var de, männen som bläddrade i de olika magasinen, tysta och allvarliga som vore de i en kyrka. Ingen föraktade sin nästa, men alla föraktade sig själva.

För att de var där. För att de drevs av begär.

Utanför passerade bilarna långsamt. Gatan var enkelriktad söderut, så bilarna fick fara ner på Vasagatan för att komma tillbaka. Varv efter varv for bilarna. På trottoaren stod män som väntade på att bli uppraggade.

Från mörkrets inbrott till gryningen.

Vampyrernas tid.

Och där stod Johan, tusen år gammal, lutade sig mot huskroppen, spanade bortåt gatan, tände en cigarett och väntade på det som skulle komma. Det var bara ett år mellan den pojke som döptes i havet efter ett frikyrkoläger och den yngling som raggade män på Klara Norra.

Lika var de – blonda, mörka ögon, odödliga.

Tysta stolta pojkar, sammetsmjuka män, fall på knä för alla som faller.

På knä i tillbedjan med öppnade hungrande munnar, munnar som ber: ”Släck vår törst! Förvandla stenar till bröd och ge oss! Helig, helig, helig är Herren Sebaot.”

Detta var frestelsernas berg.

Fall på knä för alla som faller!

52

Vem fick hans oskuld? Han minns inte längre med säkerhet. Kanske var det lokföraren som sög av honom i en hiss på T-Centralen, kanske var det den gifte trebarnspappan som raggade upp honom med de enkla orden ”Kom med!”, kanske var det porraffärsinnehavaren som sög av honom bakom disken efter att tillfälligt ha låst butiken. Någon av dessa borde det ha varit, och han vet inte vem.

Han höll emot med händerna mot den andres axlar, medan den andre mannen, vem det nu var, sög sig fast och svalde hans säd, som alltför snart sköt ut ur hans tonårskuk.

– Nej sluta! gnydde han och sedan var det över.

Lokföraren hette Danne. Det var i alla fall vad han sa att han hette. Danne prostituerade sig, sålde sig till gubbar på Centralen, satte på dem med sin väldiga lem, sedan drack han sig så full han kunde. Han var nästan alltid full och ropade ideligen ”Men Gud ändå!” på norrländska.

Johan och han hade inget att säga varandra, men när någon i skolan frågade om Johan hade något sällskap svarade Johan ja och tänkte på Danne. Eller vad det nu var han hette.

Trebarnspappan hade en liten övernattningslya i Vasastan dit han tog pojkar, ju yngre desto bättre.

– Fast jag har aldrig gjort något med någon som inte

själv ville det, förklarade han bestämt.

Hans yngste älskare hade varit tolv år. Hur gamla var hans egna barn? Johan frågade aldrig. Det tillhörde också spelets regler, att inte fråga.

– Du är så vacker! hade trebarnspappan sagt och smekt Johan mellan benen.

Och Johan behövde desperat höra att han var vacker och lät trebarnspappan göra vad han ville.

Porraffärsinnehavaren bar alltid en smutsig rutig kavaj, kedjerökte, hade gula fingrar och en liten Hitlermustasch. Han lät Johan smita in i ett av de små båsen i butiken och titta på film gratis.

– Här ska du få se nåt du kommer att tända på, lovade han och satte på en kassett.

Någon minut senare smög han själv in i båset och sög av Johan. Tog cigaretten från munnen och höll den i handen de sekunder det dröjde.

Så förlorade Johan sin oskuld.

53

Många var de kvällar och nätter han tillbringade på Klara Norra Kyrkogata.

I bröstet bultade hans nyväckta hjärta. Långsamt gick nattens timmar. Snart skulle han hem. Bara en kvart till och ännu en kvart. Nästa gång just den här blå Saaben passerade skulle han gå. Men han stod kvar, lät bli att gå.

Ofta gjorde han inget mer än stod där, ändå kunde han nästan kvävas av skuld när han satt på bussen hem till Sollentuna. Han lovade sig själv och Gud att aldrig mer. Inte ge efter för driften, inte göra sådant som var lågt och smutsigt.

Och han tvättade sig och borstade tänderna och kröp ned mellan de svala lakanen i sin pojkrumssäng, och med rullgardinen nerdragen kunde han knappt ana morgonsolen, och i rummets dunkel kunde han låtsas att det var kväll och att han skulle sova, och han bad sin Gud som haver, som någon som ville tro att han ännu hade oskulden kvar.

För han var frikyrkobarn, och en värld som denna hade han aldrig förberetts för.

Ingen hade berättat för honom om platser som Klara Norra, ingen hade berättat för honom om febern som brann där.

Johan var uppvuxen med Gud. Gud var i flera av Johans tidigaste minnen: i aftonbönen, psalmerna, julevangeliet. Gud var kärlek och himmelrike. Om helvetet visste Johan inget.

Nu när han höll på att bli vuxen började kyrkan ställa en massa krav på honom som den inte gjort förut.

Det var inte sant det han fått lära sig, att Gud älskade honom sådan han var. Gud älskade honom bara om han var sån och sån och sån, Gud älskade Johan bara om han var sådan som han inte var.

Om han stympade och förnekade sig själv skulle Gud älska honom. Gud skulle öppna sin famn och kyrkan sina dörrar och Johan skulle få vara med och bli uppvisad som bevis på Guds och kyrkans godhet.

Gud hatar synden men han älskar syndaren.

Så hade de som kallade sig kristna förklarat sin kärlekslöshet, sin rädsla, sina fördomar, sin feghet.

De skyllde på Gud.

De stal Gud och pressade in honom i en kyrka, de hötte med sina långa pekfingrar och stängde sina dörrar och lämnade Johan ensam här.

Här i den verkliga världen där det fanns platser som Klara Norra, platser där de trodde att Gud inte fanns. Men han fanns där, och han var med Johan hela tiden.

Gud hatar synden men han älskar syndaren – ett sånt hyckleri. Visste de inte att synden och syndaren är ett!

Johan var sin synd, den var präglad i hans hud, ristad i hans kött, den var han!

Deras synd, deras skam, deras påhitt. De kunde behålla sin kyrka. Johan ville inte bli som de. Han ville inte rätta in sig i ledet, inte dricka deras kaffe, inte åka till deras kursgårdar, inte le deras leenden, inte klappa i takt som de.

Johan ville inte gå under som de ville att han skulle göra.

Han var uppvuxen med Gud. Han var uppvuxen i kyrkan.

Men kyrkan försökte dölja Gud. Bakom altarskåp, skrudar och kyrkkaffe försökte de gömma honom. Sedan blockerade de vägen för Johan och skrek att Gud hatade honom.

Så Johan ställde sig utanför kyrkan. Och Gud älskade honom ändå måttlöst.

Snart nog var han tillbaka på Klara Norra Kyrkogata, vad han än hade lovat sig själv.

Långsamt hårdnade hans ansikte.

Han började gå in i butikerna och bläddra i magasinen. Första gången blev han djupt chockad. Inte ens i sin fantasi hade han kunnat föreställa sig att man kunde göra sådana saker som de gjorde på bilderna, och han tittade på männen som köpte dessa tidningar, för att se om de var monster.

Men de var inga monster. De var som han.

Han gick ut på gatan igen och vädrade.

En bil saktade in, någon blängde på honom från förarsätet, någon hukade sig fram för att kunna se bättre. Ett par sekunder möttes deras blickar. Johan var femton år och blev för första gången värderad. Den andre tryckte på gasen för att köra vidare. Johan var ratad. Sådana var spelets regler.

Långsamt hårdnade hans ansikte, och han lärde sig reglerna.

Spelets regler. Det var så han kallade dem.

Någon vecka senare – eller om det var ett halvår, Johans minnen är en tjock gröt – kunde han själv öppna en bildörr, sticka in huvudet och med tillgjord röst säga: ”Tvåhundra för ett runk, trehundra för ett sug, för femhundra får du vad du vill.”

Fast han fnaskade egentligen aldrig. Stapplande lärde han sig spelets regler och gjorde som han trodde att man måste.

Runkade av en gubbe för femtio spänn, lärde sig spelets regler.

Var just på vippen att följa med i en bil när han lade märke till två yxor i baksätet, slarvigt dolda av en filt.

Att inte bli dödad, att lära sig spelets regler. Att lära sig leva med skulden. Veta att minnet av synden förbleknar, veta att man vänjer sig, att det känns mindre och mindre och till slut inte alls.

Han knullade i bilar, utanför bilar, i industriområden, parker, på kyrkogårdar, på billiga hotell, i sjaskiga övernattningsrum.

Männen, alltid äldre, aldrig vackra, alltid utnyttjande.

Johan svag, låtsades vara stark, alltid utnyttjad.

Gryningen grå och kall.

54

Berättelsen om Klara Norra är berättelsen om en man utan namn som raggade upp Johan en augustidag när Johan var sexton på sitt sjuttonde.

Varm och fuktig klibbade luften fast kläderna vid kroppen. Svetten rann från armhålor och panna. I himlen packades molnen samman allt tätare, svartnade som bölder.

Nere på den smala gatan vände sig två män efter varandra. Den ene medelålders, den andre yngling. Den ene upphetsad, den andre viljelös.

Johan stod still och lät den andre komma fram till honom. Mannen var lång och kraftig, kanske fyrtio, kanske femtio, men liknade mest ett förvuxet barn. Jeans och träningsoverallsjacka, på huvudet en basebollmössa.

Såg snäll ut. Ville ha Johan. Så Johan följde med, eftersom han aldrig kunnat säga nej till någonting som helst.

Mannen hejdade en taxi.

– Bor du långt härifrån? frågade Johan som hade som regel att aldrig följa med ut i förorterna.

– Nej nej, inte alls! försäkrade mannen, och de for ut i förorterna.

Johan tänkte att så här långt ville han inte åka, och taxin åkte vidare, och han satt tyst medan mannen förnöjt hummade för sig själv och då och då tittade på Johan och log.

Vid ett hyreshusområde som Johan aldrig sett förut

steg de av. Mannen betalade taxin som for iväg. Där stod de sedan ensamma, någonstans ett par mil utanför stan.

Mannen lade armen om Johans axlar och föste honom in i ett hus och uppför trapporna.

Nu är jag hans, tänkte Johan.

Därefter hittade mannen inte nycklarna till lägenheten där han påstod att han bodde. Johan tänkte att han inte ens avlägset kände någon attraktion för mannen, att han följt med bara för att den andre hade en basebollmössa och såg snäll ut.

– Det är nog bäst att jag går, sa Johan.

– Du får inte gå! svarade mannen.

För att få upp dörren gick han plötsligt lös på den med så våldsam kraft att Johan instinktivt ryggade bakåt.

– Jag ska fixa in oss, vänta bara! flåsade den andre och slängde sig mot dörren och sparkade och slet i handtaget tills dörrkarmen sprack och dörren gick att öppna.

Utanför började de svarta molnen sakta sjunka mot jorden.

Inne i lägenheten luktade det sött unket av något som låg och ruttnade. På golven var tidningssidor utlagda som mattor över ett skitigt linoleumgolv.

Mannen förde in Johan i sovrummet. Av någon anledning lade Johan omedelbart märke till att där inte fanns några lampor. Från taket hängde en oanvänd kontakt. De grå väggarna var nakna, fönstret saknade gardiner.

På ett bord bredvid den slarvigt bäddade sängen låg ett par kollegieblock där någon klistrat in utklippta porrbilder och skrivit pratbubblor till med en barnslig spretig handstil: Kuk! Kuk! Kuk! Kuk! Kuk! Kuk! Kuk! Kuk!

Hundratals gånger upprepat. Kuk! Kuk! Kuk! Kuk! Kuk! Kuk! Kuk! Kuk!

Som en besvärjelse, som ett mantra.

”Svälj min stora kuk!” ”Jag ska knulla sönder arslet på dig med min jättekuk!”

Sida efter sida med porrbilder och pratbubblor och kukar.

Den söta stanken av förruttnelse kom från någonstans i sovrummet. Som resterna av ett hjärta.

Han är sinnessjuk, tänkte Johan, jag är sinnessjuk. Vi är de sinnessjuka. Han och jag. Vi.

Och i ett ögonblick av sprucken ömhet gick Johan fram till den andre som satt sig på sängkanten och väntade som en hund. Försiktigt tog Johan av honom kepsen och strök med handen över de tunna testar som var hans hår.

På det att de för en stund skulle vara mindre ensamma.

Sedan drog mannen ned honom i sängen och vältrade sig över honom, och i samma ögonblick stänkte det första regnet mot fönsterglaset, som om änglarna i himlen börjat gråta.

Den alltför hungrige kastar sig över maten. Herren delade brödet och sade: ”Tag och ät. Detta är min lekamen. Min kropp för dig utgiven.” Johans kropp var för mannen utgiven, och den andre hade hungrat länge. Snart blev hans smekningar våldsamma, och han började krama Johan så att Johan inte kunde röra sig och inte andas.

– Vänta! försökte Johan, vänta!

– Inte vänta, mumlade den andre och slet i Johans kläder för att få av dem.

– Vänta! skrek Johan, du gör illa mig! och försökte knuffa undan den andre. Gör mig inte illa!

Då hejdade sig den andre och gnydde ängsligt.

– Jag ska inte, jag ska inte! pep han och såg ut som ett litet barn som fått skäll av mamma.

– Inte så häftigt, begärde Johan och lade sig ner igen, ta det lugnt.

– Lugnt, svarade den andre, jag ska ta det lugnt, jag är så glad att du är här! Jag är så glad.

Han lade sig över Johan med sin väldiga kropp och kramade honom. Hårdare och hårdare tryckte han sig mot honom och kved att han var så glad, så glad, så glad.

Som en efterbliven som kramade ihjäl sitt sällskapsdjur mellan händerna.

– Sluta, bad Johan, jag kan inte andas!

– Jag är så glad! mumlade mannen och kramade Johan ännu hårdare.

Johan tänkte: jag kommer att dö.

Den andre slet upp hans skjorta och bet i hans bröstvårtor, fick ned handen innanför Johans byxor och vred om hans testiklar, rev med sina naglar upp blodiga sår över Johans mage och rygg, samtidigt som han häftigt flåsade:

– Jag älskar dig, jag älskar dig, jag älskar dig!

– Bort från mig! skrek Johan och lyckades göra sig fri och kom upp på golvet, vad i helvete tar du dig till!

I samma ögonblick blev mannen åter en liten pojke som inte förstod att han gjort fel.

– Förlåt! pep han, du tänker väl inte gå? Gå inte! Du får inte gå!

– Jag har redan blivit våldtagen, OK? Jag vill inte bli våldtagen, OK? Nu går jag! Du måste släppa ut mig!

– Du får inte gå! gnydde mannen och sprang upp för att blockera dörren, jag ska inte göra något. Du måste tro mig!

– Släpp ut mig! skrek Johan.

– Du får inte gå! Du får inte gå! Du får inte gå! skrek mannen. Du måste tro mig! Jag ska inte våldta dig! Du får vad som helst, bara du stannar! Jag ska inte göra nåt! Du måste tro mig!

Och han slet upp en garderobsdörr och vräkte ut löspenisar och massagestavar och läderpiskor och porrtidningar och kukringar och läderremmar och handbojor, och han skrek:

– Du får inte gå! Jag ska inte göra nåt!

Desperat drog han av sig sin jacka och sin tröja och sina jeans och stod på golvet i kalsongerna. Hans kropp var vit och degig och alldeles hårlös.

– Du får inte gå! Du får inte gå! Jag ska inte göra nåt...

Han drog ned sina kalsonger.

– Jag kan inte göra nåt...

Och där stod han, hjälplös mitt på golvet, i en röra av gummikukar och massagestavar och porrtidningar och sexhjälpmedel, med kalsongerna nerdragna till knäna, och hans kropp var fet och glansig och darrade, och hans ögon rädda och vädjande, och han hade ingen penis.

Där hans penis skulle vara fanns bara en liten rund kula, en centimeter stor.

Besegrad viskade han:

– Jag har aldrig kunnat.

På skrivbordet låg kollegieblocken med utklippta porrmodeller och de pratbubblor som han själv skrivit till: Kuk! Kuk! Kuk! Kuk! Kuk! Kuk! Kuk! Kuk!

Som en besvärjelse, ett mantra, det som för alltid förvägrats honom.

"Svälj min stora kuk!" "Jag ska knulla sönder arslet på dig med min jättekuk!"

– Jag kan inte, viskade han medan tårarna rann nerför hans kinder och den lilla kula som var hans kön vibrerade, jag har aldrig kunnat.

Sedan knappt hörbart:

– Gå inte! Du får inte gå!

Och Johan backade ut ur rummet och gick.

Det sista han hörde från mannen som stod kvar i sitt nederlags rum var de orden:

– Du får inte gå!

Medan Johan skyndade bort från huset slog den första blixten ner som ett straffande finger från den mörka himlen. Och dånet som följde var omskakande.

55

Leif hade köpt tårta. Tre bitar citrontårta med ett dallrande lager av gelé på toppen. Johan hade gjort kaffe. Deras far skulle komma och hälsa på i portvaktslägenheten.

Maria fick inte vara med. Det hade professorn nogsamt poängterat. Han kom för att träffa sina barn. Han ville inte behöva träffa sin gamla kvinna.

Precis på utsatt tid ringde det på dörren. Leif hickade till. Deras pappa kom till dem som en fader som de på något sätt gjort illa. De förstod inte hur, men det löjliga faktum att man bevisligen är utan skuld fråntar en inte ett uns av skulden.

Skuld är inte avhängigt av om man är skyldig eller inte. Skuld är något som växer ur intet.

Johan sprang och öppnade dörren. Fadern steg in. Han tog inte av sig skorna. Stor och sträng uppfyllde han den lilla lägenheten med sin närvaro. Han gav Leif en kram och Johan en blick. Leif visade in honom i vardagsrummet. De hade lovat Maria att fadern inte skulle få se hennes rum.

Professorn såg sig liksom vresigt omkring i den trånga hallen, köket och vardagsrummet. När han ville gå in i Marias rum och blev hindrad, grymtade han ogillande. Han till och med öppnade dörren till badrummet för en snabb inspektion.

– Ja, här har ni det bra, bestämde han sedan.

Så var det avgjort.

– Vi har kokat kaffe, försökte Leif.

– Bryggt, rättade Johan.

– Ja just det, bryggt, sa Leif och hickade.

Pojkarna sprang om benen på varandra för att ledsaga fadern in till kaffet och tårtan.

Fadern och Leif satte sig i soffan. Där kunde man bara sitta två stycken nu. Soffbordet var skjutet tätt inpå soffan för att de skulle få plats med allt annat som måste få plats i rummet – sängarna, fåtöljerna, tavlorna, stereon, TV:n, kartongerna. Johan satte sig på sängen en liten bit ifrån.

Professorn lät blicken vandra över det belamrade rummet. Som om det var något han sökte. Han mätte och värderade. Sedan upprepade han sitt bestämda:

– Ja, här har ni det riktigt bra.

– Ja, tack så mycket, viskade Leif.

Något måste han ju säga.

Johan serverade kaffe. Fadern tog en tugga av citrontårtan.

– Jisses, den var sur! sa han med en grimas och sköt fatet ifrån sig.

Sönerna tittade på varandra. Vad skulle de göra nu?

– Jag tyckte att den var god, försökte Leif.

– Då kan du ju ta min bit, bestämde fadern, och de tystnade igen.

Tystnade och stirrade förbi varandra. Sönerna väntade på att pappan skulle säga dem något.

Något om hur ledsen han var över hur det hade blivit, något om att det var tokigt det som var.

Men deras pappa hade inget sådant att säga dem.

Ännu en gång såg han sig om som om det var något han letade efter. Så pekade han ivrigt på en tavla på bortre väggen och utbrast:

– Där är den! Jag visste att den fanns här nånstans! Där är den!

Han reste sig upp, gick fram till tavlan och häktade ner den från väggen.

– Den är min!

Denna tavla tillhör mig. Jag har vunnit den på lotteri som juniorföreningen hade för länge sedan. Jag har själv tiggt ihop den för lotteriets räkning hos Bollings.

Här behövdes ingen blyertsanteckning. Fadern tog vad han ansåg var hans. Han bad ingen om lov. Häktade som den enklaste sak i världen ner tavlan från sin krok på väggen och stoppade den under armen.

Sönerna var så häpna att de inte ens kom sig för att protestera. Och strax därefter gjorde sig fadern redo att gå. Det var tavlan han hade kommit för att hämta.

Leif och Johan var stumma som fiskar. De sprattlade på landbacken och kippade efter luft, men de skrek inte.

I ytterdörren vände sig fadern om och petade på ett märke som satt på Johans jeansjacka.

– Den rosa triangeln, mumlade Johan och kunde inte se sin far i ögonen, det var den som homosexuella tvingades bära i koncentrationslägren.

– Såå, du ska skryta med skiten också? Fy fan vad äckligt!

– Pappa! ropade Leif.

– Man vill kräkas! Det vill jag att du ska veta.

Johan böjde huvudet och tog emot, såg ned på tamburens alla oordnade skor.

– Ja, tro inte att jag finner någon anledning att applådera något så satans misslyckat! avslutade fadern med sin strängaste röst.

Sedan gick han med tavlan under armen. Han var djupt

sårad.

De hade gjort honom illa på något sätt. De hade kränkt honom, även om de inte förstod hur. Det var deras fel.

Den tomma kroken lät de hänga kvar på väggen.

Kanske för att visa att också där hade funnits något som de nu hade förlorat.

En tyst anmärkning. Närmast försynt.

Maria, Leif och Johan höll masken och teg. Professorn kunde göra som han ville, för emot sig hade han fiskar.

Det barmhärtiga med fiske är att fisken inte skriker. Fisken tiger när kroken hugger. Den spjärnar emot, den sprattlar, men den tiger.

Så är det lättare för samvetet att fiska än att jaga eller slakta, fast det egentligen är samma sak.

Varför blev släktingarna många år senare irriterade på Johan?

För att han var en fisk som börjat skrika.

56

Människor är mer än vad de ser ut att vara. Myndigheterna sanerade Klara Norra för att bli av med snusket, men snusket fann snart nya platser där det i skydd av mörkret kunde frodas.

Också den minste av dessa mina bröder som ni föraktar har en ängel som i himmelen ser min faders ansikte.

Människor är mycket mer än vad de ser ut att vara.

Johan har en vän som heter – det spelar ingen roll vad han heter.

Han är hörselskadad. Han har talfel. Han har problem med balanssinnet och nerverna, så vad spelar det då för roll vad han heter?

När han skrattar drar ansiktet ihop sig till en grimas, och han grinar, nästan dreglar. Folk tar honom för en idiot.

Han har därför alltid haft svårt att få arbete. Inte ens nu har han fast anställning, och han är ändå över fyrtio.

Vaktmästare utan utsikt till befordran. Egentligen utan utsikter alls.

Lönen är lägre nu än förut på sågverket. Han har måst sälja bilen. I år kommer han inte utomlands heller. Annars har han varit två gånger på Mykonos. Första gången for han och Johan tillsammans. Andra gången reste han på egen hand. Det var lite knivigt att hitta till inrikesflygplatsen i Aten, men det gick.

Han debuterade sexuellt när han var tjugoåtta. Nu blir han bara blygare. För när han öppnar munnen kommer läten, och när han ler drar ansiktet ihop sig till en okontrollerad grimas, och han blir grotesk.

Fulare än ful. Så ful att han inte finns.

Hur närmar sig ett monster vanliga människor? Han kan se exakt när deras leenden stelnar.

En gång på Mykonos i bussen på väg hem från stranden var det en man som oavbrutet glodde på honom. Först, i ett naivt ögonblick, ville han tro att det var en flirt, sedan förstod han att den andre såg rakt igenom honom och såg monstret. Ett monster är inte en människa, och på monster får man glo. Det gick inte att komma undan. Inte ens när man betalat sin resa som alla andra och borde få vara med.

Ingenting kan någonsin bli annorlunda. Det är hans livs lärdom.

Till slut samlade han allt mod han någonsin haft, vände sig rakt mot den andre – och räckte ut tungan. Fet och ful stack tungan ut, det rann saliv från mungipan och hans ansikte drog ihop sig. Då slutade den andre glo och såg ilsket bort, som om han utstått en skymf.

Nästa dag gick han inte ut fastän solen sken och det var fyrtio grader varmt. Han låg ihopkrupen på golvet vid dörren och stirrade framför sig. Då och då hörde han stegen från någon som passerade utanför. Dörren stängd. Han vågade inte öppna.

De är så många, fiskarna. De som inte skriker.

Han är så trött på att bevisa att han inte är någon idiot.

Vill de tro att han är en idiot, så låt dem tro det. Den som dömer ska själv bli dömd. Så står det i Bibeln. Vill de ha en idiot ska han vara deras idiot, och räcka ut sin feta, fula tunga åt dem. Han ska vara deras monster.

Han får inte vara med. Han vet det sedan ett helt liv tillbaka.

Han drar sig in i sig själv.

Om han vann miljoner på lotteri skulle han köpa sig en liten lägenhet med låg månadshyra, en begagnad bil och sedan dra sig undan.

In i sig själv. I det som blev hans liv.

Alldeles när han föddes var det något som gick fel, och han fick en liten blödning i hjärnan. I några korta sekunder var hans hjärna utan syre. Det räckte för att orsaka hans handikapp.

Allt hade varit annorlunda om bara något någonsin hade kunnat vara annorlunda.

Dessa första minuter i livet bestämde hela hans fortsatta tillvaro.

Bestämde, utstakade, avskärmade, begränsade.

Han fick aldrig någon chans. Livet började, och sedan gick det åt helvete.

Varför gjorde Gud så?

Och på andra sidan ska Herren torka bort alla tårar från hans ansikte.

Då, när det är för sent.

57

Maria har sin dammsugare under sängen. Det är en Electrolux av senaste årsmodell. Hon har köpt den för hemsamariternas skull, för att de ska vara nöjda med henne. Hennes livs första dammsugare. Själv har hon sopat och skurat – sådant kan man inte begära av hemsamariter. Hon förvarar dammsugaren i originalkartongen för att den inte ska bli smutsig.

Varannan onsdag får hon städat. Varje måndag handlar de åt henne. Hon har problem med ryggen och med sitt gamla framfall, och hon får inte böja sig och inte bära. Annars är hon frisk som en nötkärna, det har hon doktorns ord på. Man måste försöka göra det bästa av varje situation.

Maria tycker om sina hemsamariter. Hon kokar alltid kaffe åt dem när de kommer. Dessutom har hon ett fat med kex stående om de skulle vilja ha. De får både smör och ost till, Maria är inte den som snålar.

Men det är sällan de hinner dricka hennes kaffe eller smaka på hennes kex. De dammsuger och skrubbar toaletten i rasande fart medan hon sitter vid köksbordet och följer dem med blicken, beredd att hälla upp kaffe åt dem i samma stund de stänger av dammsugaren.

– Hur kan du alltid vara så glad?

Så frågar hennes hemsamariter.

– Vad är din hemlighet?

Äsch, så frågar de inte alls. De frågar ingenting.

De handlar, städar, gör vad de ska. Sedan måste de alltid rusa iväg.

– Iväg till andra skröpliga gamlingar? brukar Maria säga och hoppas på att de ska svara: "Äsch, inte är väl du gammal och skröplig!"

Men det gör de inte. De bara mumlar något ohörbart och försvinner.

58

Ibland följer Maria med hemsamariterna och handlar. Det är ryggen hon har fel på, inte benen, förklarar hon och är noga med att hålla samma takt som hemsamariterna, hon nästan springer.

När Maria går på trottoarer känner hon sig trängd mot husväggarna. Hon föredrar att gå mitt i gatan istället och hålla undan för bilarna.

Det gör hennes hemsamariter rasande.

– Vad tror du trottoarerna är till för? skriker de.

– Du är ingen bil! skriker de.

– Akta er, nu går ni snart under begravningsbyråskylten, svarar Maria, det betyder död och otur.

Då hoppar hemsamariterna upp och ner på trottoaren av ilska.

– Trampa på en spricka och din mamma får hicka, varnar Maria och tänker bara på deras bästa, samtidigt som en taxibil tvärbromsar för att inte köra över henne.

Maria köper hem jäst. Hon har redan ett helt fack fullt med jäst i kylskåpet. Rutten jäst. Hon tror själv att hon är en sådan som bakar, hon liksom glömmer att hon aldrig gör det. Ibland undrar hon vilket misstag som satte henne till världen.

Det är lyhört där Maria bor. Hon hör sin grannes radio. Honom har hon aldrig sett. Hans radio står på hela dagarna. Han har ingen grammofon.

Maria tänker att någon gång innan hon dör borde hon gå en trappa upp och ringa på för att få se vem radion tillhör som hon lyssnat på i alla dessa år.

Men det blir väl aldrig av.

Själv lyssnar Maria helst på program som leds av Kent Finell. En gång när Riksradion hade öppet hus gick hon och såg Kent Finell sända Svensktoppen. Där var han, och där var hon. Han har en så trevlig röst, tycker hon. Hon har tänkt skriva till honom och tacka för många trevliga program, men det har inte heller blivit av.

Tänk att det är så mycket som inte blir av. "Vad rätt du tänkt, vad fel det blev!" som Marias pappa brukade säga när hon var liten. Så brukar Maria själv säga då och då. Hon blir alltid på gott humör av att säga så.

Förresten vet hon inte hur man börjar sådana beundrarbrev. Det blir så lätt fånigt.

På lördagseftermiddagarna går Maria ut och promenerar i city.

Först gör hon sig fin, tuschar ögonfransarna helt lätt med mascara och lägger rosa på läpparna, inte för mycket, alldeles lagom.

En lördag stannar hon vid biografen Riviera på Sveavägen och tittar på bilderna. "Shadowlands" heter filmen och är ett drama. De pratade om den i ett kulturprogram på TV. Det har Maria gjort anteckningar om. Maria för alltid anteckningar över vad de säger i kulturprogrammen. Det är viktigt att följa med i vad som händer kulturellt. Maria bestämmer sig för att gå in och höra sig för lite om filmen.

Foajén är tom. Hon går fram till biljettluckan och frågar när nästa föreställning börjar.

Om trettio minuter.

– Jaha. Ursäkta fröken, den här "Shadowlands", är det

en bra film? Är det något fröken kan rekommendera?

– Sjuttio kronor, säger flickan i biljettluckan och river av en biljett.

Hon tuggar tuggummi.

– Förlåt, hur lång är filmen? fortsätter Maria.

– Sjuttio kronor, säger flickan i biljettluckan.

– Tack då, säger Maria och betalar.

Hon sätter sig i den tomma foajén och väntar. Hon tänker att det kommer väl snart fler människor som ska se filmen. Foajén har klarröda tomma väggar. Maria sitter och tittar på dem. Hon tänker att de är fula. I biljettluckan sitter flickan och tuggar tuggummi med öppen mun. Maria tänker att det var en osedvanligt ful och charmlös flicka. Hon ser ut som en idisslande kossa, tänker Maria. ”Muuu!” mumlar hon lågt för sig själv och blir full i skratt.

Utanför går folk förbi, men ingen kommer in för att se filmen. Maria tittar på klockan. Ännu är det en kvart kvar. De flesta kommer väl i sista minuten, tänker hon. Det ska bli så spännande att gå på bio.

– Jag hoppas att jag inte har fått plats för långt fram, säger hon till biljettvaktmästaren.

– Det är onumrerat, svarar han, ni får sitta var ni vill.

– Tack, vad snällt, svarar Maria.

De blir inte fler än åtta i salongen. Eftersom man får sitta var man vill sitter alla långt ifrån varandra. Maria tittar till höger och vänster, vänder och vrider på nacken. Det är ju trevligt att komma ut och se folk.

Hon skulle vilja säga något men kommer sig inte för. Dessutom hade hon varit tvungen att skrika, så långt bort som de andra sitter.

För varje hemsamarit som kommer till henne de följande veckorna berättar hon att hon sett ”Shadowlands” och frågar om de också har sett den. Det har de inte, men de har hört talas om den och de skulle vilja se den.

Maria känner ett stilla jubel växa i sitt bröst, och hon tar mod till sig och frågar om de inte vill stanna och dricka lite kaffe.

Men de hinner inte.

– Nån annan gång? undrar Maria.

– Nån annan gång, svarar de.

59

Valet står inte mellan fiskgratäng och fiskgratäng.

Valet står mellan fiskgratäng och avgrund.

Därför fortsätter Maria, meter för meter, att släpa sin ICA-kasse hem.

Hon är tanten på bussen. Hon är tanten som går långsamt när det är halt, för hon är rädd att ramla och bryta lårbenshalsen. Det är hon som äter dagens lunch sakta och nästan andaktsfullt, för hon har inga tider att passa. Det är hon som läser om svälten i Somalia eller Rwanda och skänker sina sparpengar till Röda korset. Det är hon. Det är hon som inte vill att hennes kropp ska bli en tunna. Det är hon vars kropp ändå blir en tunna, för att så är det. Det är hon.

Undergången är endast en skugga ifrån henne.

Luta sig ut över räcket, lite för långt, och allt vore över.

Du skall icke fresta Herren din Gud.

60

En annan lördag när Maria är ute och går kommer hon till Brasserie Vau-de-Ville, nära NK. Hon har gjort sig fin, som hon brukar, med mascara och ett rosa läppstift. I håret har hon ett spänne i form av en fjäril. Hon kikar genom fönstret och bestämmer sig för att gå in.

Hon sätter sig vid ett ensamt bord och dricker öl.

På Vau-de-Ville är det alltid mycket ungdomar.

Maria trivs med att ha ungdomar omkring sig. Därför valde hon ett stort bord, för att man ska kunna sätta sig hos henne.

Det gör ingen.

Vad det nu spelar för roll, det kan vara trevligt bara att sitta och titta. Och pratar gör hon ju med servitriserna när hon beställer in öl eller betalar.

Och när det blivit fullt överallt omkring är det faktiskt ett par som frågar om det är ledigt vid hennes bord.

– Javisst, svarar Maria glatt, det är så trevligt att få sällskap.

Ungdomarna ler lite stelt tillbaka, sätter sig, skjuter över salt- och pepparkaren till Marias sida så att de får plats med sina armbågar på bordet och börjar prata med varandra. Maria känner efter att hårspännet sitter som det ska.

Det verkar vara präktiga och bra ungdomar. Maria ler hela tiden mot dem för att de inte ska vara rädda att prata med henne.

Fast det gör de inte.

Och hon är inte bra på att själv inleda samtal.

Så hon ler. Ler och väntar på att de andra ska börja prata.

När de inte gör det säger hon till slut ”Skål!” och dricker.

Ungdomarna höjer genast sina glas, för det är väluppfostrade ungdomar som säger ”Skål!” tillbaka.

Då börjar Maria att skratta, som om det varit en lustighet ungdomarna sagt.

Ungdomarna ser först på henne och sedan på varandra, och sedan ser de sig om efter ett annat bord.

– Det är så härligt att leva! ropar Maria som blivit exalterad av att både dricka öl och skratta och få umgås med så trevliga ungdomar.

Den ene ler överseende, den andre ler besvärat, den förste harklar sig och tittar bort medan den andre generat svarar:

– Jo. Jo, det kan ju vara härligt att leva.

Sedan harklar sig också han och tittar bort.

Maria ser sig omkring och ler vädjande mot andra i lokalen.

De tittar alla bort.

– Det är så härligt att leva! ropar hon.

– Skål för ungdomen! ropar hon.

Och ingen svarar.

– Kära ni, säger hon och vänder sig åter till sina bordsgrannar, kan ni passa min plats när jag kilar på toa. Jag blir så kissnödig av all ölen. Tack så mycket, tack kära ni.

Hon tränger sig förbi dem och går bort mot toaletten. På vägen ler hon mot alla hon passerar. När hon kommer tillbaka har paret som skulle passat hennes plats gått.

På toaletten hade hon tagit sig tid att måla läpparna på nytt.

Så att de inte skäms för mig, hade hon tänkt.

Nu står hon där vid det tomma bordet med pärlemorsrosa mun.

Där ser man, tänker hon. Det är det enda hon tillåter sig att tänka. Där ser man.

Sedan sätter hon sig igen, beställer ännu en öl.

Hon lutar sig mot bordet bredvid och säger:

– De måste gå. Rasande trevliga unga människor var det. De hade säkert någon viktig tid att passa. Jag ska också gå, har så mycket att göra. Vet inte riktigt hur jag ska hinna.

Man ser artigt men oförstående på henne och återgår till sina samtal.

Då börjar hon skratta. Hon skrattar hjärtligt och dricker sin öl. Det är så trevligt att gå ut och träffa spännande människor.

Maria sitter på Brasserie Vau-de-Ville och skrattar.

– Vad ni är vackra allesammans! ropar hon, jag är så glad att få vara här! Det är så roligt att få komma ut och träffa folk!

Hon fumlar med handen och välter sitt ölglas. Hårspännet i form av en fjäril hänger löst. Hon har rosa läppstift på hakan.

När Maria kommit hem från krogen lägger hon sig på sängen med kläderna på och gråter. Det blir fläckar av rosa läppstift och mascara på örngottet.

Under sängen ligger hennes dammsugare av senaste årsmodell i sin kartong. På köksbordet står ett fat med kex, täckt med gladpack för att inte fördärvas.

– Hur kan du alltid vara så glad?

Så frågar hennes hemsamariter.
– Vad är din hemlighet?
Äsch, så frågar de inte alls. De frågar ingenting.
Och Maria gråter så hon skakar.

61

När Johan skulle flytta in i sin första egna andrahandslägenhet efter åren med mamman och lillebrodern på Jungfrugatan, skjutsade professorn ut honom till Ikea, och där köpte de en madrass, ett enkelt matbord, fyra flata och fyra djupa tallrikar samt två klaffstolar i vit plast. Fadern betalade faktiskt alltsammans – tvåtusen kronor.

– Jag betraktar det som ett lån, hade han sagt, jag förväntar mig att få tillbaka de här pengarna så småningom.

Men Johan betalade aldrig tillbaka. För honom blev det viktigt, detta att någon gång ha fått något av sin far, även om fadern aldrig menat det som en gåva.

Varje gång han ställde fadern till doms, och letade efter förmildrande omständigheter, kunde han peka på detta Ikea-besök.

Se här, du som inte tror att du är älskad: en madrass, ett matbord, fyra flata och fyra djupa tallrikar samt två klaffstolar i vit plast, vad mer kan du begära!

Kanske hade professorn ändå haft lite dåligt samvete för att ha lämnat fru och två barn i en mörk tvårummare utan kontrakt, medan han själv köpte sig sin efterlängtade sjöutsikt.

Kanske var besöket på Ikea hans sätt att köpa sig fri.

Visst kunde det vara så att han ansåg sig ha köpt sig fri, för detta var sista gången på många år som de sågs. Professorn lämnade Johan i enrummaren med bord, stol och tallrik. For ut till sina tre etage för att glömma.

Han hade alltid velat ha sjöutsikt. Det fick han nu.

Johan tror att fadern inte kändes vid sina barn de här åren om han inte var tvungen. På frågan om hur många barn han hade tror Johan att fadern svarade: "Inga!"

Hoppla!

Om någon frågade Johan sa Johan att pappan var död. Johan försökte också döda honom i sig, slita pappan ur kroppen, varje rest av honom som kunde skava och göra ont.

Johan bestämde sig för att bli vuxen nu. Att vara barn var för sårbart. Han var trött på det.

Just fyllda nitton år fick han äntligen ägna sig åt sitt eget liv.

Han skruvade ihop bordet, fällde ut stolarna och erövrade på så sätt sitt första egna hem, som skulle vara det så länge inte hyresvärden fick veta att han bodde där.

62

Åtta månader senare fick han tre dagar på sig att flytta.

Fastighetsskötaren kom för att montera Johans namn permanent på dörren, men när Johan tvekade förstod han att Johan inte hade rätt till lägenheten, och kort därefter ringde en sekreterare till någon ägare och meddelade torrt att hade han inte utrymt lägenheten inom tre dagar skulle de låta polisen avhysa honom.

Johan protesterade inte. Liksom när han förlorade sitt barndomshem packade han lydigt och tyst ned allt han ägde i kartonger, för han visste inte vad annat han kunde göra.

Fem kartonger med kläder, böcker och toalettartiklar. Det var allt. Bordet och klaffstolarna fick han lämna.

Så började han flytta runt. Ett halvår här, ett halvår där, smyga i trapphuset, smyga i tvättstugan, gula eftersändningslappar och c/o-adresser, telefonnummer antecknade i blyerts så att de lätt gick att sudda ut.

En enda gång grät han efter pappan.

Det var när han låg på golvet i något av de många tillfälliga hemmen. Kanske hade han känt sig vilsen just den natten, kanske blev hans hemlöshet alltför påtaglig när han låg där på golvet i det främmande rummet och stirrade på sina fem kartonger. I vart fall grät han. Ett par frampressade tårar för att få släppa lite på trycket som tungt pressade honom mot marken.

Sedan grät han inte mer och nästa morgon var allt bra igen. Johan begärde av sig själv att inget känna. Vad tjänade det förresten till att gråta? Det hade han slutat med under Björns missbrukarår. Det var ändå ingen som hade tid att lyssna på hans bölande.

Man ska akta sig för att behöva sådant man inte kan få.

63

Johan blev stark. Han lärde sig att förakta de svaga. Ibland kunde han förakta sin mor för att hon inte kunnat värja sig bättre.

Han blev stark för att försvara sig. Han blev stark för att kunna bära sin mor.

Som barn var han maktlös gentemot dem som slet hennes värld i stycken. Eftersom han inget kunde göra för att förhindra det var det hans fel att det hände, och därför var han skyldig henne allt, och därför blev han stark, för att kunna betala tillbaka.

Men om han så betalade ett helt liv skulle han aldrig kunna gottgöra sin skuld.

För det löjliga faktum att man bevisligen är utan skuld fråntar en inte ett uns av skulden.

Skuld är inte avhängigt av om man är skyldig eller inte. Skuld är något som växer ur intet.

64

Om man hamnar utanför sitt sammanhang blir man kanske hängande i luften, hur mycket sjöutsikt man än köper.

Också professorn hade hamnat utanför sitt sammanhang. Hans kropp reagerade genom att låta en sjukdom bryta ut.

När Johan via Björn fick reda på att pappan insjuknat i en märklig virussjukdom, avfärdade han det först som ett billigt försök från pappans sida att vinna dem tillbaka, och Johan muttrade att ingenting förändrades av en förkylning.

Kort därefter förstod Johan att det var mycket värre än så, och det var hemskt, men han kunde inte låta bli att tänka på det som annat än ett straff.

Gud skall störta dig ned för alltid, han skall gripa dig och rycka dig ut ur din hydda och utrota dig ur det levandes land.

Gud, han som krossar de ogudaktigas tänder, hade skickat sjukdomen på fadern.

Sjukdomen innebar också att hans svek mot barnen var till ingen nytta. Barnen offrades utan att han ens fick sin åtrådda lycka. Han förlorade sin själ för att vinna världen, men också världen förlorade han.

Kanske kan man sörja ett sådant öde.

Men inte måste väl lammen tycka synd om vargen när den faller i en grop?

Eller är det månne vad som gör lammen till lamm? De bräker och ojar sig och kan inte rå för sina känslor.

Pappan hade lämnat dem utan att ens bry sig om ifall de fick stanna i den lilla portvaktslägenheten längre än ett halvår.

Johan och Leif fick ta hand om sin ratade mamma, äta sig mätta på skolmatens potatis, och gubben frågade inte en gång efter hur de klarade sig.

Vid ett enda tillfälle kom han för att hälsa på, och då bara för att ta med sig en tavla som han ansåg vara sin. Han tog ner den från väggen och gick sin väg igen.

Ändå ömkade sig lammen nu över vargen. Också Johan oroade sig hemligen. Vargen ylade och klagade över sitt öde. Och alla tröstade honom så gott de kunde.

Han var en varg, och han var en supernova.

En stjärna som först utvidgat sig ofantligt åt alla håll, och sedan blev större och större tills den plötsligt en dag ömkligen sjönk ihop till en dvärg, en liten hård och kompakt vit eller blå dvärg.

Till slut skulle professorn bli till ett svart hål som i oändlig bitterhet och omättlig, otröstlig hunger svalde allt som kom i dess närhet.

65

Genom Björn fick Johan så småningom veta ännu mer: sjukdomen som drabbat deras far var obotlig. Fadern skulle alltså dö.

Hur lång tid det skulle ta gick inte att förutspå. Viruset angrep det motoriska nervsystemet och skulle göra honom gradvis alltmer förlamad, till slut totalförlamad. Den egentliga dödsorsaken skulle slutligen rubriceras kvävning, när till sist också lungorna slutade att fungera.

Redan var vänsterarmen obrukbar. Han hade också börjat få problem med nacken och med talet. Björn berättade att fadern därtill var svår att känna igen eftersom han svällt upp av alla medicinerna man gav honom för att om möjligt skjuta upp sjukdomsprocessen.

Det var en fråga om tid.

Det är alltid en fråga om tid, även om man sällan inser det.

Hjärnan skulle inte angripas. Han var klar i huvudet och kunde tänka som förut. En lättnad och så småningom en förbannelse.

En förbannelse eftersom han hela tiden visste vad som skedde med honom utan att han kunde göra något för att hindra det. Han var van vid att styra och ställa i sin värld, och nu vägrade plötsligt hans egen kropp att lyda honom.

Han visste vilket öde som väntade, som om han satt i en bil som rusade mot en bergvägg och ratten inte gick att vrida och bromsarna hade slutat fungera.

Ännu gick det väl an, men snart nog skulle han vara totalförlamad – sedan blind, sedan stum, till slut döv. Han skulle bli liggande som ett levande lik utan att kunna röra sig, utan att se, höra eller tala, utan att på något sätt kunna kommunicera med sin omgivning, utan att kunna få tröst eller hjälp, fullständigt utlämnad till det smärtsamma känslolösa tomrum som hans kropp skulle vara.

Hans hjärna skulle hela tiden fungera, som en klocka som envist vägrade sluta att slå, och han skulle vara helt ensam med sitt lidande. Han skulle vara mer ensam än vad som gick att föreställa sig.

Om någon höll honom i handen eller smekte hans kind skulle han inte känna det, om någon talade vänligt till honom skulle han inte höra det, han skulle inte kunna veta om de var där hos honom eller inte, om han var övergiven eller ej.

Så skulle han kunna bli liggande i månader och år med allt större problem att andas, ända tills döden äntligen befriade honom från hans plågor.

En människa som isoleras fullständigt kan bli galen på bara några timmar. Hur skulle då inte denna eviga isolering påverka hans hjärna? Och när hjärnan förvreds skulle ingen ens veta det.

Kanske skulle hjärnan skapa mardrömmar åt honom ur vilka han omöjligt kunde vakna. Enbart Gud visste vilka avgrundsvärldar hans egen hjärna skulle kunna tvinga honom in i.

Om det fanns ett namn för det tillståndet måste det vara helvetet.

Hans klara skarpa hjärna som givit honom sådana framgångar skulle komma att bli hans slutgiltiga och värsta fiende.

Så faller varje konung, så förvittrar varje makt, så kommer ingen ändå undan när tragedin går mot sin grymma sista akt.

Fienderna är nedgjorda, utrotade för alltid, deras städer har du omstörtat, deras åminnelse har förgåtts.

Utan något kvar.

66

På kort sikt var det en lättnad att hans hjärna fungerade som vanligt. I det längsta kunde han fortsätta med sitt arbete, han kunde fungera socialt och träffa sina vänner. Redan nu kunde han också fatta beslut om hur han ville ha det när han blev sämre. Eftersom förloppet kunde ta ett eller två eller tre år hade han gott om tid att förbereda sig inför döden, ställa till rätta vad han förbrutit och göra domslut.

Om han hade velat.

Ingen visste när fristen skulle löpa ut. En öppen grav var hans strupe. Sjukdomen krävde dem alla på ställningstaganden. Vad var det viktigaste, vad kunde avvaras, hur mycket av det som varit förbleknade inför sjukdomen? Johan förstod att om han någonsin ville klara upp sin relation till pappan måste det ske nu, om bara en liten tid kunde det vara för sent.

Fast varför hörde inte pappan själv av sig? Varför greps inte han av ansvar och allvar? Johan väntade i månader.

Faderns stolthet var större än kärleken till något av barnen.

Johan ville vara stark. Han föraktade det svaga. Han ville vara envis som fadern. Han hade försökt lära sig vara stolt, men till slut skrev han ändå ett brev.

”Pappa!” skrev han.

”Ibland när jag gör vissa saker slås jag av att jag liknar

dig. Det är vissa gester, vissa miner, ett särskilt leende, och jag vet att i de ögonblicken känner jag vad du måste ha känt. Vad vi än tycker om det kommer jag alltid att vara din son. Jag vill också vara det. Vill du bli min pappa igen?”

Han fick inget svar.

67

Ytterligare ett halvår förflöt.

Johan gick på konstskola. Inte någon av de finare men ändå. Han tecknade kroki och målade i olja. Han hade talang för porträtt: när han tecknade av någon blev det likt. Om han arbetade duktigt skulle det kanske bli nånting av honom. Nånting som gjorde honom till någon. Ännu trevade han prövande åt olika håll och var ingen. Vitt på kartan, blankt vatten, som morgonen vid mormors sjö innan någon annan hade vaknat.

Under året förfärdigade han i alla fall fyra stycken bilder som han var nöjd med. De föreställde alla vänner till honom. En hade ring i näsan, den andre hade fått ena ögat utstucket, den tredje var rakad på huvudet, den fjärde hade en väldig tuppkam och ögon som tindrande stjärnor.

När skolan mot slutet av vårterminen arrangerade en elevutställning blev dessa fyra teckningar hans bidrag, och bland alla bilder, teckningar och målningar valde lärarna ut just en av hans teckningar att pryda affisch och vernissagekort. En punkare med tuppkam och ögon som tindrande stjärnor. Johan skickade ett kort till sin pappa.

Vernissagen blev mycket lyckad. Johans bilder rönte uppskattning och reserverades alla. Han och hans kamrater drack vin ur plastmuggar, rökte filterlösa cigaretter, diskuterade och kritiserade och ville alla vara sin generations största hjärnor.

Nu var kanske just den här konstskolan inte någon av de finare men vad i helvete, detta var ju bara början, och vägen var lång och långt skulle de vandra. De var unga och vackra. De skulle aldrig förtvina.

Sorglösa var de såsom odödliga kan vara, såsom de kan vara som ännu inte kallats till vägning och befunnits för lätta. Skratten rullade fram och åter, självsäkra och glada. I dessa rum hade inte någon skugga ännu fallit. Om några av dem var dömda att dö visste de ännu inte om det.

Detta var de ungas dag, och Johan var ung. Han skålade och skrattade, och hans berusning blev lycklig och lätt. Detta var början, en längdhoppares avstamp, och hoppet skulle bli hur långt som helst.

Framemot femtiden hade de flesta gått sin väg, på golvet låg urdruckna plastmuggar slängda, de rosor som stuckits ned i tomma vinflaskor hade redan börjat sloka en aning, flera tavlor hade hamnat på sniskan, någon hade spillt rödvin på en vit vägg, och över galleriet låg en tung lukt av cigaretter och vin. Man skulle snart stänga för dagen.

När Johan upptäckte sin far stod han redan mitt i rummet, uppsvälld och hjälplös, berövad sin makt och farlighet.

Ena armen hängde stum och orörlig utefter kroppen. Huvudet lutade ned mot bröstet, ena käken var angripen så att han inte kunde stänga munnen helt. Som en berggylta som dragits upp men lämnats av fiskaren och nu långsamt och tungt låg och självdog på klippan.

Han hade haltat in utan att någon lagt märke till honom. Nu stod han där, vilsen och utlämnad i de ungas värld.

Man såg på honom men man såg honom inte.

På ett ögonblick gjorde man sin bedömning: en något äcklig men ofarlig gubbe som gått fel. Detta var vad som var kvar av honom, professorn.

Med huvudet hängande på sned fick han något blygt och bedjande över sig som han aldrig förut haft. Kanske berodde det enbart på nacken, eller också hade sjukdomen förändrat honom.

Hur som helst stod han nu där på galleriet. Fadern hade äntligen kommit till sin son.

Johan lämnade sitt sällskap och gick fram till sin pappa. Kanske var det berusningen, kanske var det kärlek, kanske var det pappans hjälplösa underläge som gjorde det, men Johan kunde inte längre känna något hat.

– Pappa!

Fadern svarade inte.

– Pappa! upprepade Johan ömt.

Då ryckte det till i faderns ansikte. Man kunde se hur han ansträngde sig för att få sina käkar att lyda.

– Scho-an! sluddrade han till slut och log vädjande en fånes sneda leende, min lill-e... lill-e... Scho-an!

68

Så försonades Johan alltså med sin far.

Inget blev klarlagt, inget blev utrett. Johan vågade inte ställa några frågor och fadern gav inga svar.

Deras samtal var försiktiga och trevande. Ofta hade Johan svårigheter att begripa vad pappan sa. Pappan sa aldrig att han älskade Johan, men han tittade ibland länge på honom och log. Det tydde väl på kärlek?

Eller också var munnen bara sned på grund av förlamningen. Vad betyder det förresten att titta på någon?

Johan vågade presentera sin pojkvän för pappan, och pappan var i alla fall inte elak – men när Johan och hans lillebror förlovade sig samtidigt, bekostade pappan ringarna åt Leif, tjocka gedigna guldringar, och han sa att han såg det som en heder och en ära. Johan däremot fick ingenting alls. Däri låg en skillnad, men den förväntades ingen tänka på.

Trots allt bara en sorg till de övriga. Johan hade blivit en sån som bar. En sån som tog det på sig.

Varför ska man minnas allt det sorgliga? Då blir man ju alldeles trasig av förtvivlan.

Förstod någonsin fadern hur mycket ont han hade gjort sina barn? Kunde han någonsin se längre än till sig själv?

Under en lunch på stan som han bjöd Johan på lät han sonen ta del av ett upprört brev som skickats till honom från en av den gamla familjens närmaste vänner.

– Kan du förstå? undrade han, kan du förstå hur någon kan vilja mig så illa?

Han skakade långsamt på huvudet och hans ögon pressades samman av hat.

”Ernst Gustafsson!

Du är en jävla stor skit. Hur fan kan man svika allt man står för. I ditt jobb har du medverkat till lagar för medbestämmande och bättre arbetsvillkor och demokrati på arbetsplatser. Och i ditt privatliv är du den djävligaste despot, utnyttjare och självviska person jag någonsin träffat på.

En gång i tiden såg jag på dig som en förebild och idol, som visserligen svek och bit för bit sjönk i min aktning. Det djävligaste är ändå inte dina ständiga svek mot Maria, utan mot dina barn. Allt för din egen bekvämlighet.

Du svek Björn när han hade det som allra värst och lät resten av familjen ta smällarna. Glöm aldrig att om det hade berott på dig hade Björn förmodligen varit död idag.

Glöm aldrig att Johans styrka och medmänsklighet inte beror på dig utan finns där trots din djävlighet mot honom under hans känsligaste år.

Du sviker Leif på alla de upptänkliga sätt. Vad fan är du för pappa som inte tar kontakt med din yngste son en enda gång. Att han är en härlig och livsbejakande kille är då inte din förtjänst.

Är du så djävla korkad och inskränkt att du inte förstår att man inte kan kapa bort 20–25 år av sitt liv och tre barn utan att bli själsligt handikappad.

Jag har läst vartenda papper som Maria har fått i samband med bodelningshistorien, och återigen visar du hur djävlig och skrupelfri du är.

Jag gläder mig åt varenda liten plåga och skröplighet som drabbar dig. Det är dig väl unnat. Du har förbaske mig gjort skäl för dem och mer till.

Du har utnyttjat varenda människa du kommit i närheten av, inklusive mig, vilket grämer mig mindre. Du vet att dina barn älskar Mörnö. Om du hade minsta lilla känsla i din skröpliga kropp skulle du unna dem att få behålla huset, som moraliskt sett är Marias betydligt mer än ditt.

Med avsky

Lillemor Efraimsson"

När Johan läst klart skakade fadern åter på sitt uppsvällda valrosshuvud. Han förstod ingenting, sa han. Ingenting. Johan lät brevet brännas upp inom sig och bli till bitter aska. Kunde inte fadern begripa att varje ord i brevet till honom utan vidare hade kunnat vara skrivet av Johan själv?

"Det är ju sant!" ville han skrika. "Gubbjävel! Gubbjävel! Gubbjävel!"

Men Johan teg. Han teg, för fadern var sjuk. Sjukdomen var större än Johans alla egna behov. Med döden kunde inget jämföra sig.

Så inget blev klarlagt, inget blev utrett. Johan vågade inte ställa några frågor och fadern gav inga svar.

Allt det onda förblev ont, och pappan såg aldrig någon anledning att be om förlåtelse.

69

Fadern köpte faktiskt en av Johans fyra bilder på utställningen. Just den bild som Johan var stoltast över. En punkare med tuppkam och ögon som tindrande stjärnor.

Först vägrade Johan att sälja. Han ville vara stolt och visa att han minsann klarade sig själv. Bilden var förresten redan reserverad för en annan köpare.

Men fadern stod på sig. Han ville absolut ha tavlan.

Johan sa att han inte behövde pappans pengar, han sa att pappan inte fick köpa bilden bara för att vara hygglig, för det behövdes inte, pappan fick köpa bilden bara om han verkligen tyckte om den, om han verkligen ville ha den, och om han verkligen var stolt över den.

Pappan sa ja.

Ja, jag vill ha den, ja, jag tycker om den.

Till slut gav Johan med sig och pappan fick köpa porträttet.

Johan slog själv omsorgsfullt in den i papper för att den inte skulle skadas under transporten hem till pappans radhus, tejpade, knöt snöre om.

Efter faderns död begärde Johan att få tillbaka sin tavla.

Änkan gick med på det. Egentligen gjordes sönerna arvlösa, men något litet vardera fick de som minne, och tavlan var vad Johan ville ha.

När de kom för att hämta sina saker fann Johan att

tavlan fortfarande var inslagen i sitt paket, Johans löjligt omsorgsfullt gjorda paket med tejp och snöre.

Hans pappa hade aldrig brytt sig om att packa upp den.

70

Under många år ville Johan bli konstnär. Nu efteråt kan han bara konstatera att han helt enkelt inte var tillräckligt bra.

Han sökte in på Konstakademien men kom inte in. Fem gånger försökte han innan han accepterade att det inte var någon idé.

Han nådde inte fram. Vad ska man säga om det?

Nu lever Johan sitt töntiga liv i en Mio-möblerad tvåa på femtiofyra kvadratmeter.

Det tog tid att inse att det var tönt han var.

Tubsockor och loafers med tofsar.

Hur skulle hans liv gestaltat sig om han varit bland de utvalda?

Ett liv i våghalsighet. Så föreställer han sig det.

Åren på den förberedande konstskolan var omtumlande för honom.

Han och hans vänner var astronauter som dansade på månen, de var hjältar och skulle aldrig dö. Om nätterna läste de dikter för varandra och rökte cigaretter. Djupt såg de varandra i ögonen, aldrig såg de djupare än då. Kalla var vintrarna de här åren, och Johan och hans vänner svepte svarta rockar om sina utmärglade kroppar och gick på ändlösa promenader genom staden.

Lila och blå mot den stjärnlösa himlen stod citys glasskulptur, och nere vid Klara Norra körde en sista bil ett par sista varv och ingen fanns att stiga in i bilen. Är det någon som minns det ännu?

Han som satt i bilen var han som blev över. Är det någon som minns det ännu?

Ibland steg Johan in i bilarna därnere, det visste inte hans vänner. Johan funderade på att någon gång berätta hur det var, men det blev aldrig av.

Som allt annat som inte blev av.

Han träffar dem sällan numera, vännerna från ungdomen. Om de stöter ihop på stan är det inte alltid han vågar hälsa.

Inte för att det gör nånting. Han trivs med sitt liv, också så som det blev. Han har funnit sig till rätta.

Att vara tönt är också en sorts mästerskap att odla.

Man får tacka för det lilla som var.

Fortfarande händer det att han på lediga stunder tar fram sina penslar och akvarellfärger, men resultatet blir allt sämre.

Som om den talang han haft långsamt men säkert tynar bort och blir till intet.

Det är okay. Det är som det är. Han har lärt sig leva med det, en plats i skuggan. Utom ibland. Men det behöver man ju inte älta.

När oron kommer om nätterna på hotellrummet tar Johan en tablett, för han vet att det är poänglöst att vaka sig igenom oron.

Oron har ingen kärna, inget centrum att finna och tränga sig igenom. Den är bara dum. Hans mesta energi går åt till att försöka andas, att hitta ett sätt att andas på.

Och som den tönt han är vågar han bara ta en halv tablett, som hjälper, men bara litegrann.

När Johan berättade för Björn om hur han skrivit till moster Görel och bett att få köpa Svarttjärn, började

Björn gråta.

Det var för våra bittra drömmars skull, tänker Johan, de bittra drömmar som vi inte kan få ur våra huvuden hur gärna vi än vill.

Sedan tänker han på Ebbe Carlsson. ”Jag har haft ett bra liv”, ville han att det skulle stå i hans dödsannons, hade Johan läst i en artikel.

Det är väl så det är, tänker Johan, vi har bra liv, men vi har bittra drömmar. Livet är dubbelt och mycket komplicerat. Det är okay. Det är som det är.

Och medan ljuset från TV:n, som står påslagen i ett hörn av hotellrummet, fläckar hans ansikte med reklam för maskindiskmedel och glass, domnar han långsamt bort från den oro som bittra drömmar föder.

71

Egentligen hade Maria aldrig tänkt köpa någon majblomma, men gossen bad ju så enträget, och hon ville inte verka snål inför de andra passagerarna i tunnelbanan, och han var ju uppenbarligen inte svensk utan säkert från Turkiet eller något sånt, och hon ville för allt i världen inte framstå som någon sorts rasist, för det var hon inte, så hon sa någonting som tyvärr blev så grötigt i munnen att inte ens hon själv hörde vad det lät som, och hon måste harkla sig och säga en gång till högt och tydligt:

– Jaha, men jag vet inte om jag har så mycket pengar på mig.

Därmed var det klippt. Nu måste hon köpa. Annars framstod hon inte bara som snål utan också som direkt fattig. Dessutom måste hon nu köpa den stora kransen. Sådana var reglerna.

– Vi tar den lilla där, sa hon och pekade, eller förresten, hur mycket kostar en stor?

– Femton kronor, svarade gossen.

– Jaha minsann, sa hon och märkte att hon lät nästan vresig. Jaha, då tar jag väl en sådan.

Hon betalade med jämna pengar och fick sin krans. Sedan visste hon kanske inte vad hon förväntat sig, en applåd eller så, men hon såg sig i alla fall omkring och nickade.

Pojken som sålt blomman till henne frågade om någon

annan ville köpa, men ingen vid hennes säte var intresserad.

Det förvånade henne lite. De hade bara ruskat på huvudet som den enklaste sak i världen. Att det var så lätt att låta bli, det skulle hon ha vetat.

Så arg hon genast blev på sig själv. Hon ångrade köpet, hon ville inte alls ha någon majblomma.

Egentligen borde Maria ropa på pojken och begära pengarna tillbaka, men så kunde man kanske inte göra. Han hade ju dessutom varit söt, och säkert gladde han sig åt pengarna han fått.

Stulit.

Fått. Stulit. Äsch, vad spelade det för roll, det var väl en trevlig tradition med majblommor?

Och nu måste hon sätta på sig sin krans. Annars vore det ju konstigt.

Maria tänkte att en majblomma på kragen är som ett leende mot de människor man möter på gatan. Maria försökte le när hon tänkte så.

Sedan tänkte hon att nålen skulle göra hål på hennes vackra kappa.

Hon såg ned på höger bröst och vänster bröst och fick dubbelhaka av att titta, och hon försökte verkligen bestämma sig för om hon ville ha det fula hålet till vänster eller till höger på kappan.

Nä, nu trycker jag in nålen innan någon undrar vad jag håller på med, tänkte hon och visste med ens att hon absolut inte ville ha något hål på sin kappa.

Kanske kunde hon fästa nålen på remmen till handväskan. Fast det ville hon inte heller.

En sådan velmaja hon var! Nu tittade säkert alla på henne och tyckte att hon var snurrig i skallen. Ja, det var som om alla samtal i vagnen stannade av och allt intresse riktades mot henne och hennes löjliga besvär med majblomman.

Så oerhört arg hon var på sig själv och sin tafatthet. För att visa allihop att hon var herre över situationen kastade hon ned kransen i sin handväska, stängde väskan och stirrade ut genom fönstret och låtsades se upptagen ut. Det var den enda lösningen.

Inte ens när tåget stannade vid T-Centralen och de flesta resenärerna steg av tittade hon på dem, nej, hon stirrade ut genom fönstret på kakelväggen en halvmeter ifrån, och hon tänkte upprört: Gå av ni bara! Gå av ni bara! Ni som inte köper majblommor, ni som inte får hål på era kappor.

Och i flera veckor därefter gjorde hon sig illa på nålen varje gång hon stack ned handen i sin väska.

72

Det var med Björn som fadern fick bäst kontakt under sjukdomstiden. Kanske för att de delade ett dåligt samvete för det lidande de åsamkat familjen. Kanske för att fadern betraktat Björn som död, och som genom ett mirakel levde han.

De kom varandra nära, och det var Björn som smugglade in Maria på sjukhuset och blev vittne till deras försoning.

Vid det laget kunde fadern inte längre tala. Han utstötte gutturala läten och skrattade sedan generat, för han hörde själv hur tokigt det lät. Sedan kunde han lika fort falla i gråt, det var så eländigt alltsammans.

För att kommunicera med omvärlden tog han hjälp av en pinne och en tavla med bokstäver. Han var förlamad i hela kroppen, så när som på delar av höger arm och vissa muskler i nacken som fick hans huvud att guppa upp och ner.

I höger hand höll han pinnen och pekade mödosamt ut, bokstav för bokstav, vad han ville säga.

Ofta föll pinnen ur hans hand och blev liggande på golvet. Han kunde inte böja sig ned efter den utan satt hjälplös kvar med ett generat flin i ansiktet.

Så fick professorn lära sig vad förödmjukelse var.

73

Ernst Gustafsson hade alltid varit stark, och nu var han så trött. Det roade honom inte mer att äga all denna styrka. Han ville att någon skulle stryka honom över håret och säga att allt skulle bli bra, hur lögnaktigt det än var.

Han önskade att han hade så mycket känsel kvar att han över huvud taget skulle kunna känna att någon strök honom över håret.

Det var svårt att vara hjälplös. Han hade varit för stark.

Nu satt han i rullstolen och kramade bokstavspinnen i handen. Försökte känna den. Han förnam att han höll i något. Det var allt han kände. Och att blodet dunkade i ögonlocken. Det kunde han också känna.

Annars stelnade hans kropp och blev styv och tung och till slut som en enda stor bedövad tand, och han kunde ingenting känna.

Ibland fick han hejda en impuls att resa sig från rullstolen. Hans hjärna tänkte: Res dig! Hans kropp hörde inte vad hans hjärna tänkte.

Då greps han av ursinne och ville kasta med huvudet och kroppen, slänga saker i väggen och vråla. Men han satt där han satt. Blodet dunkade i ögonlocken. Pinnen föll ur hans hand. Han kunde inte böja sig ned efter den. Han kunde bara sitta kvar och titta framför sig. In i väggen.

Timmarna gick. Ljuset som föll in genom fönstret blev lägre och gråare. Det blev skymning. Han satt där han satt. Tittade in i väggen. Flinade eller grät. Satt. Tittade. Väggen.

Den starke professorn.

Satt. Tittade. Väggen.

74

När Johan pratar med Björn påstår Björn att fadern haft förskräckligt dåligt samvete för Maria och barnen, och att han hade försökt göra allting bra innan han dog.

Vadå försökt? Han gjorde ingenting.

Han försökte.

Hur då? Han hade flera år på sig att ställa till rätta men lät bli.

– Jag vet att du är oförsonlig, sa Björn efteråt flera gånger till Johan, den hårdheten har du efter honom. Du är den som är mest lik honom, det vet du.

Men ändå, ville man ställa till rätta var man väl i alla fall tvungen att göra någonting mer än att gråta tillsammans med äldste sonen.

Jodå, Johan kan tänka sig att pappan grät och sjåpade sig, men mest över sig själv, det var Johan övertygad om.

För Johan är hård och oförsonlig. Johan hatar sin far.

Det gör han inte alls. Han sörjer att pappan var en sådan usel, självisk, svekfull skitpappa, men han hatar inte.

Eller kanske gör han det? Hur var det han skrev i brevet han inte skickade iväg till sin moster? ”Vad som återstår för dig att erfara verkar vara hat. Ska jag lära dig det?”

Hur blev han en sådan som var fylld med hat? Eller kanske är det inte hat utan sorg och förtvivlan.

Min far älskade inte mig. Förlåt, men det är vad jag tror.

Och om ni säger: ”Jo, det gjorde han!” vill jag ha åtminstone ett enda bevis, ett enda litet tecken.

Ikea-möblerna? Matbordet och stolarna är kvarlämnade någonstans, madrassen uttjänt, och porslinet är tallrik för tallrik sönderslaget, fyra flata tallrikar och fyra djupa.

Johan är ledsen, men det räcker inte.

75

Men att fadern försonat sig med Maria, borde inte det räcka?

Några månader innan professorn dog smugglade Björn med Maria till hans rum på sjukhuset. Maria hade gjort sig fin med spänne i håret och läppstift. Professorn hade bett om att bli rakad och hade flera gånger nervöst begärt att bli baddad med rakvatten, för att inte lukta sjukdom.

Försiktigt öppnade Björn dörren och Maria smög in. Längst bort i rummet satt professorn och väntade på henne i sin rullstol.

De såg på varandra. Livskamraterna. Fienderna.

Så mycket kärlek. Så mycket bitterhet.

Hon hörde kören borta i tältet sjunga: ”Vad hjälper det en människa...”

Han förlorade sin själ för att vinna världen, men också världen förlorade han. Här var han nu.

Men när jag så vände mig till att betrakta alla de verk som mina händer hade gjort, och den möda som jag hade nedlagt på dem, se, då var det allt fåfänglighet och ett jagande efter vind. Ja, under solen finnes intet som kan räknas för vinning.

Senhöstens solkiga dagsljus föll in genom fönstret på den gulgrå sjukhusväggen när hon kom till hans rum, hans nederlags rum, och det var som om de båda var nakna.

De grät båda. Att det var så här det skulle bli.

Han bokstaverade:

K a n d u f ö r l å t a m i g?

Hon svarade ja.

Han bokstaverade:

V i l l d u g i f t a d i g m e d m i g?

Hon svarade ja.

Villkorslöst.

Sedan tog hon honom i sin famn, tryckte hans stela, uppsvällda huvud mot sitt bröst. Hon höll honom länge, och han grät som ett barn som fått förlåtelse.

De grät båda. Två vilsekomna som bara för ett ögonblick fick vara hemma igen.

76

Kasta undan stenar har sin tid, och samla ihop stenar har sin tid. Han var en man som samlat stenar, och nu föll de en efter en ur hans grepp.

Dräpa har sin tid, och läka har sin tid. Men att dräpa gick fort och sedan var det ohjälpligt, och till att läka krävdes oändligt mycket mer av tålamod och försiktighet. Han hann inte alls med.

Plantera har sin tid, och rycka upp det planterade har sin tid. Så lyder domen.

Födas har sin tid, och dö har sin tid. Det var tid att dö.

Läkarna hade givit honom en utmätt tid. Det gick inte längre att låtsas. Till sommaren skulle han dö.

Men plantera har sin tid, och rycka upp det planterade har sin tid. Så lyder domen. Det varade inte till sommaren.

Vintern tog honom innan dess.

Sådan är den utmätta tiden. Snön hann aldrig smälta, inte ens den första snödroppen hann skjuta upp ur den hårda jorden.

När han förlorade det sista han hade, förmågan att hålla i en pinne och kommunicera med omvärlden genom att peka ut bokstäver på en papperstavla, gav han upp och kämpade inte längre emot, lät döden komma till sig.

Dagen steg upp ur havet, först blott som en skiftning i isen, som blev till en spegling, som sedan långsamt vecklade ut sig som en solfjäder tills den spände över horisonten och ungefär halvvägs upp på himlavalvet. Denna dag skulle bli kort och kall, den sista han hade i livet.

77

Redan när de ringde från sjukhuset och meddelade att fadern var inlagd på nytt visste Johan att det var dags nu. Hans båda bröder kände samma sak, och de tog ledigt från sina arbeten för att kunna vara hos honom.

De turades om att hålla honom i handen. Då och då kom en sköterska in och tog pulsen. Björn torkade slem ur pappans mun och fuktade hans läppar och munhåla med vattenspray. De sa inte mycket men talade lugnt till honom. Han öppnade inte längre ögonen, och skulle göra det igen först i de allra sista minuterna.

Dagen gick och det blev kväll och det blev natt.

Utanför avdelningen hade världen upphört att existera. Vad allt handlade om var hur länge en människa i ett av rummen skulle fortsätta att andas.

Professor Ernst Gustafsson avled en stjärnlös natt i februari det år han skulle fylla sextio. Februari det året var mild, men den natten var kall.

Trots att de försonats nekades Maria att vaka vid hans dödsbädd. Istället blev det Johan som ringde till henne klockan tre på natten och sa att nu var det snart över.

Maria steg upp ur sängen och tände tillsammans med sin ängel ett ljus över den döende.

Han var ett ljus som brunnit ned på festen. Nu inväntade hon gryningen och bad för hans själ.

Johan och Björn satt i väntrummet och rökte när Leif

kom utspringande och ropade att fadern hade öppnat ögonen.

De skyndade in till honom och såg att han låg på samma sätt som förut med huvudet snett ned åt höger på kudden, men hans ljusa blå ögon stirrade sorgset framför sig.

Som ett meddelande till dem: Nu orkar jag inte mer.

I det vita och grå rummet blev hans ögon blänkande stjärnor, himmelsblå, vidunderligt intensivt blå.

Om han såg något eller inte får ingen någonsin veta.

Sedan slutade han att andas.

78

Timmarna efter faderns död var det som om Johan förstod döden. Dess närvaro uppfyllde allt runt omkring, och den var enkel och självklar.

Med ens förstod Johan vad en änglakör var, och att en änglakör inte alls är vad man tror.

Han hade framför sig svaret på gåtan.

Människor fäster bråte vid döden som inte hör den till. Döden är så lätt att den saknar vikt. Den stiger till himmelen som en ballong.

Johan skulle minnas att sjukhussalen blev till en hög och ändlös rymd, och att tomrummet fylldes med högtidlig glädje.

Den tunga kistan, de många blommorna, orgelmusiken, de svarta kläderna, den leriga kyrkogården – inget av det hörde döden till.

En lång stund satt han med sin far, bara de två.

Fadern låg med kinden mot kudden. Det var som om han sov.

De sista årens smärta hade fallit från hans ansikte, som när man smeker det spända bort och musklerna slappnar av och motståndet stillnar.

Nu upphörde kampen mellan fadern och sonen. Avståndet mellan dem var borta. Fadern var vacker, som när han var trettio, innan Johan föddes.

Så som han måste ha sett ut när han älskade Maria.

Johan rörde vid honom, smekte hans kind, höll hans hand, talade med honom.

De sista tio åren hade de sällan rört varandra, men nu fick Johan, nu vågade han äntligen.

En liten stund ge och få välsignelse.

79

Året innan bestämde professorn att han ville fira sin födelsedag med en stor fest och samla alla sina vänner och se dem en sista gång.

Dagen för festen hade det regnat oupphörligt, men som genom ett trollslag klarnade det upp framåt kvällen.

I den milda junikvällen såg kallbadhuset ut som en elisabetansk teater som öppnade sig mot vattnet. Balkonger, balustrader och små utsiktstorn minde ännu om en gången storhet. Men när solen övergav badhuset om aftonen för att sjunka bakom dess rygg, såg man hur kulissartad hela byggnaden var. Som en bräcklig, jättelik träställning som när som helst kunde falla samman, och som också långsamt gjorde det. Träet murknade, färgen flagnade.

Och här valde Johans far att fira sin sista födelsedag med en hejdundrande fest. Champagne och spegelblankt vatten, massor av mat och faderns alla vänner, som samtidigt var både vackra och lyckliga.

Sommarnattshimlen var ljus, och vid midnatt fyrade hotellet i närheten av ett stort fyrverkeri, och det var alldeles som det skulle.

Grandiost, som ett skepp som sakta sjunker och där alla stannar kvar ombord.

Och fadern, så mager han var den kvällen. Kraniet syntes genom huden där han satt i sin rullstol, klädd i en kostym som det måste tagit timmar för vårdarna att få på. Över knäna vilade en filt, men hans båda ben saknade känsel. Hans ögon var stora och sorgsna. Av hans hår var bara ett par tofsar kvar.

Alla hurrade för honom gång på gång. Han flinade och grät.

Hurrandet ville aldrig ta slut. De hurrade som om de trodde att deras hurrande kunde hålla kvar honom i världen.

Som om de inte ville veta att det var sant att allt var förgänglighet, och att de alla skulle sjunka i glömska, liksom kallbadhusets träpålar sakta sjönk djupare ned i vattnet, och solen sjönk bortom kallbadhusets rygg, och fyrverkeriets blixtrande stjärnor slocknade och föll mot jorden som aska.

80

Befrielsen låg i en känsla av att vissa saker var förbi! skrev Konrad i sitt brev till Johan.

Och han hade rätt.

Befrielsen ligger i att vissa saker är förbi.

Vilddjuret rasar, men hans tid är kort.

Efter begravningen fick barnen blommor av Marias bästa väninna. Varsin bukett glada brandgula rosor.

För att det var över nu.

Knarkaråren, skilsmässoåren, sjukdomsåren. Nu blev det inte värre.

Det var dags att gå vidare. Den tidiga vårvintersolen sken in genom fönstret, och inomhus kunde man nästan få för sig att den värmde.

Brandgula rosor. Inte röda för passion, inte vita för sorg, inte gula för svek, utan brandgula för just ingenting.

För att Marias väninna hade lust.

För att de lever, och ingenting är bättre för dem än att de är glada, och att de gör sig glada dagar så länge de lever.

81

Men på natten efter begravningen for Leif tillbaka till kyrkogården och försökte i mörkret hitta faderns grav.

Han var utom sig av ursinne. Han ville stå vid faderns grav och äntligen skrika ut sin vrede.

Men han fann inte vägen. Han gick vilse på den jättelika kyrkogården, vilse bland tusentals döda.

– Pappa! skrek han, pappa! Göm dig inte ännu en gång! Göm dig inte ännu en gång!

Hans röst ebbade ut i vinternatten, och det kom inget svar. Fadern gav sig inte till känna.

Skräcken sköljde plötsligt över Leif som en störtvåg, och han började springa, men kyrkogården var en labyrint som sög honom djupare och djupare in, och han kom bara mer vilse i mörkret. Han irrade runt på stigarna bland gravstenar och höga kala tallar, och han visste att han aldrig skulle hitta ut igen.

82

Tiden gick, och den unga änkan lät dröja med att sätta upp en gravsten. Hon hade inte råd, påstod hon. Björn, Johan och Leif erbjöd sig att bekosta stenen, men det vägrade hon gå med på. Eftersom graven juridiskt sett var hennes fanns det inget de kunde göra.

Så kom det sig att deras far, som velat äga så mycket och bli ihågkommen av världen, inte fick någon gravsten rest över sig.

Ett träkors med ett registreringsnummer. En bokförd grav. Inte mer.

Därvid har det blivit.

Den unga änkan kommer aldrig ut till kyrkogården. Hon är spårlöst försvunnen, svarar inte på brev, svarar inte i telefon.

Någon gång per år försöker bröderna få kontakt med henne, för att se om de kan övertala henne att ändra sig och äntligen låta fadern få en minnesvård, men hon finns inte någonstans.

Istället är det Maria som vårdar graven och sitter vid den. Det är Maria som när det behövs reser upp det primitiva träkorset när det fallit ihop.

Med kulspetspenna har hon ristat in hans namn bredvid registreringsnumret.

Ernst Gustafsson. Till minne av en villkorslös försoning.

83

Gång på gång kastar Maria luren i örat på Johan. Gång på gång ringer hon upp och fortsätter att skrika.

Allt han sa var att för sin del tyckte han att de skulle slänga alla kartongerna.

Hon skriker att i femton år har hon släpat på dessa kartonger för barnens skull.

Johan säger att det är hennes kartonger, hon skriker att kartongerna är deras, han säger att i så fall kommer de genast och slänger allihop, hon skriker att kartongerna är hennes.

Inte så mycket som ett tack har hon fått.

För att hon *släpat*, *kämpat* och *jobbat*... Hon spottar ur sig orden.

När Johan försvarar sig blir hennes röst gäll. Hon ömsom gråter, ömsom skäller, och när han ändå inte ger sig kastar hon på luren.

Sakerna från villan i Sollentuna var nedpackade lite hur som helst. Någon måste sortera, någon måste avstå femton år av sitt liv för att sortera i kartonger, någon måste se till att något sparas av det som var.

Det föll på henne. Egentligen borde det falla på barnen, men hon hade tagit det på sig. Hon bar deras börda. Inte ens ett tack fick hon, inte ens ett litet futtigt tack. Läkarna har förbjudit henne att lyfta. Hela hennes innanmäte kan ramla ut. Läkarna har förbjudit henne att *släpa*, *kämpa* och *jobba*...

Johan säger åt henne:

– Gör inte det då!

Hon försöker förklara att hon öppnar en kartong åt gången och lyfter ut en sak i taget. Johan tiger och blundar och försöker tänka på något annat medan modern ältar.

– En liten liten sak i taget, piper mamman med barnrösten, så tittar jag på den för att se vem den tillhör, så tar jag nästa lilla sak och så nästa, sedan lägger jag tillbaka alltsammans.

– Ingen begär det av dig!

Hennes röst hårdnar på nytt.

– Gör det själva i så fall!

– Vi tycker ju inte ens att det *ska* göras! Släng alltsammans, snälla mamma!

– Det är ju det jag ska, men först måste allting sorteras.

– Inte i femton år!

– I femton år! skriker mamman, i hundra år!

Hon kastar på luren igen.

Hela återstoden av sitt liv lever hon med kartongerna utan så mycket som ett tack. En dag när hon är död ska kartongerna brännas. Vad var det då värt?

Röken stiger som sotflagor mot himlen.

84

En eftermiddag kommer de två yngsta bröderna till modern för att hälsa på. Maria är inte hemma ännu. De öppnar med egen nyckel och sätter sig att vänta.

De första åren i portvaktslägenheten bodde Johan och Leif med Maria. Marias rum var både sängkammare, matsal och arbetsrum. Johan och Leif sov i vardagsrummet.

Deras sängar stod bredvid TV:n som stod bredvid stereon som stod bredvid alla oupphängda tavlor som stod bredvid soffbordet som stod bredvid soffan och fåtöljerna, och överallt stod kartongerna staplade, då som nu. Bröderna är borta nu och deras sängar, men allt annat är kvar.

Kartongerna på Jungfrugatan är de viktigaste. De som inte möglat under presenningar på Mörnö eller ställts undan hos vännerna. Dessa är de kartonger som Maria måste ha till hands dygnet runt. Exakt vad de innehåller vet inte bröderna. Marias arbetspapper, antar de, fotografier, gamla brev.

Maria har vakat över kartongerna som en osalig ande. Ingen har fått röra, ingen har fått komma nära.

Men medan de väntar på att modern ska komma hem får Leif den här eftermiddagen för sig att öppna en av kartongerna för att se vad där finns. Vad det är som modern sparar, vad det är hon sorterar så noga, vad det är

som hon inte på femton år kunnat undvara.
Leif gör det mest på skämt, öppnar den kartong som står närmast honom.
– Nu ska vi se vad tanten har sparat!
Det första han får upp är ett par gamla badbyxor.
– Hej, de där var mina! ropar Johan glatt och snappar åt sig dem. Tänk att man varit så liten!
Han håller upp byxorna framför sig och skrattar. De är rödgulrandiga och styva, säkert inte använda på över tjugo år.
– Och här är mina! ropar Leif och plockar upp ett par spräckliga badbyxor, hela kartongen är full med våra gamla badbyxor och badrockar.
Johan öppnar en annan kartong.
– Här är stövlar. Hela kartongen är full med stövlar!
Bröderna stirrar ned i kartongen.
– Som små avskurna fötter, säger Leif till slut.
Sedan sliter de upp kartong efter kartong. Allesammans är fyllda med deras gamla barnkläder.
Tröjor, koftor, flytvästar, mössor, byxor med utsvängda ben, täckjackor, sockor.
Till en början blir Johan och hans lillebror lyckliga, de ler igenkännande och ropar:
– Åh, kommer du ihåg!
– Åh, kommer du ihåg!
Sedan blir de hastigt illamående. För där är alla barnkläderna. Ingenting är kastat. Ingenting har hon förmått göra sig av med.
Där är inte *ett* par badbyxor utan tio par. Randiga, färgglada.
Där är inte *ett* par stövlar utan en hel kartong.
En kartong med byxor, en kartong med tröjor, en kartong med jackor.

Ja, där är alla barnkläderna, och de är tvättade, strukna, noggrant hopvikta.

Som likdelar. Som kvarlevor från ett styckmord.

Vem ska någonsin bära dessa kläder igen?

Ett par barnstövlar kunde man kanske spara, men en hel kartong! Och de stickade tröjorna, de små skinande rena täckjackorna! Tvättade, strukna, hopvikta. Omvårdade. Färdiga att använda.

Som om Johan och Leif ännu var barn, och Maria väntade på att de skulle komma hem så hon kunde klä dem. Som om de ännu tillhörde henne.

Åh, kommer du ihåg!

Ja, de kommer ihåg.

– Den här T-shirten hade jag som pyjamas när Björn knarkade som värst, viskar Leif och håller upp en tvättad och struken batiktröja.

– Den här täckjackan hade jag i nian när jag gick på Klara Norra, säger Johan och håller upp en citrongul midjejacka som krympt när Maria tvättat den.

– Detta är perverst! fortsätter han, för vem är dessa kläder sparade?

– Inte för barnbarnen. De skulle aldrig någonsin ta på sig något av det här.

– För oss! viskar Johan med en plötslig rysning, de är sparade för oss!

Så kommer de aldrig undan.

85

Något halvår tidigare hade Johan och Leif en kväll hyrt filmen ”The Grifters” på video, i tron att det var en komedi. Filmen handlade om en mor och hennes vuxne son, som båda arbetade som bedragare. Komedin blev till drama, djupnade och svartnade.

Med chipsen växande i munnen såg Johan och Leif hur modern till slut dödade sonen.

”Jag gav dig ditt liv. Nu vill jag att du ger mig mitt.”

Sonen sjönk ihop med blodet sprutande ur halspulsådern. Han såg närmast förvånad ut. Han var alldeles tyst. Till och med i dödsögonblicket skyddade han sin mor från varje anklagelse. Så djup var hans skuld.

Modern hukade över sonen. Hon darrade och skakade, hennes kropp genomfors av konvulsioner, som om hon kräktes våldsamt utan att något maginnehåll kom upp.

Ändå hade hon sinnesnärvaro nog att rafsa ihop de pengar som hon dödade sonen för att få, och när hon i den sista scenen var på väg ned i hissen var hennes ansikte sammanbitet och stramt. Hon skulle överleva också detta, överleva liksom kackerlackorna. Offrandet av sonen var hennes offer, ingen annans.

”Du vet inte vad jag är beredd att göra för att överleva!” varnade hon sonen när han nekade henne sina besparingar.

Det var hon eller han, och hon var starkare än han.

86

En gång när Maria som vanligt ältade någon av de avskyvärda historierna från Johans barndom blev Johan upprörd, och hon kunde inte förstå varför, det var ju henne det handlade om.

Johan svarade bestört att hon väl ändå måste begripa att han blev rasande när han i vuxen ålder insåg vidden av de svek man begått mot honom som barn. Dessutom hade han ju egna minnen av historierna, en egen vrede att tampas med.

Då skrek Maria att Johan aldrig hade mått dåligt i barndomen, för det skulle innebära att hon var en misslyckad mor, och i så fall skulle hon gå under.

Hon krävde av Johan att han genom hela sin barndoms helvete hade mått bra.

Inget hade han rätt till. Inget hat, ingen vrede, ingen sorg.

Johan förstod och svarade:

– Du har rätt, lilla mamma, jag har aldrig någonsin mått dåligt.

Maria kan förbjuda andra att tala, men själv talar hon oavbrutet. En ström av ord. Ibland utlovar hon från början en poäng på slutet, men den kommer sällan. Hon ser att de slutar lyssna. Hon ser blickarna och suckarna de utbyter med varandra över middagsbordet. Hon vet att de lägger ifrån sig luren när hon pratar med dem i telefon.

Varje gång gör det ont.

Ont att känna sig som ett monster.

Varför pratar hon så mycket?

För att hon inte fick säga alla orden hon behövde när de borde ha sagts? För att hon är rädd att det ska bli tyst, och att barnen och hon i tystnaden ska upptäcka att de inte längre känner varandra? För att hon så sällan får besök av någon att hon liksom glömt bort hur man för ett samtal?

Först säger den ene något, sedan svarar den andre, och så håller man på. Hon vet nog hur det borde vara, men hon slinter gång på gång och så kommer orden.

Den tillintetgjordas pladder.

Men ibland pratar hon för att hindra de andra från att prata själva. Spänt och nervöst, högre och högre, till slut skriker hon för att överrösta de andra. Hon vill inte höra vad de har att säga.

Som ett vandrande berg av ångest.

87

– Hallå! ropar Maria när hon kommer i dörren, är ni redan här?

Bröderna tittar på varandra.

– Vi är här i vardagsrummet, ropar Johan.

– Så bra att ni har egen nyckel. Ja, man vet aldrig. Plötsligt blir man liggande där en dag.

Maria kommer in i rummet. När hon ser att sönerna har öppnat kartongerna stelnar hon till ett ögonblick. Det är som om hon vacklar en aning. Hon kastar en orolig blick, först på Johan, sedan på Leif, därefter känner de hur hon hastigt väljer strategi.

Hon ler och kysser dem på kind, fortsätter sedan att prata som om inget hänt.

– Jag var ute och gick. Min vanliga promenad. Först Strandvägen ut mot Djurgården, sedan Djurgården runt förbi Blockhusudden. Så bra att ni har satt er, har ni tagit något att dricka? Inte för att det finns nåt hemma men ändå. Jag vet att det finns te någonstans i köket. Jag har allt i plastpåsar. Man vet aldrig, mjölbaggar och så.

– Angriper mjölbaggar te? invänder Leif.

– Nej, det gör de ju inte, men man vet aldrig. O vad här är stökigt!

Hon far nervöst runt och plockar med barnkläderna. Försöker snabbt att få ned det mesta i kartonger igen.

– Det är mitt fel, jag har varit uppe hela natten och

provat svarta kläder. Det är så svårt med begravningskläder, men det är tur att jag ärvt så många efter släktingar, för jag går ju upp och ned i vikt hela tiden, och alltid är det då någon klänning som passar. Det är för Ottos begravning. Det är därför jag gått till Seglora nu i några veckor, försöker undvika Vanadiskyrkan. Det är för Ottos släktingars skull. De vill inte att församlingen ska veta att han är död. Inte förrän efter begravningen. Då kan de sätta in en annons och meddela att det hela är över. Församlingsmedlemmarna kom ju aldrig och hälsade på när han var sjuk, jag antar att familjen är besviken. Otto ägnade ändå församlingen sitt liv. Nåja. Jag var ju där, jag skötte om honom. Det vet ju familjen om, de är förfärligt tacksamma och säger att de inte förstår hur de skulle klarat sig utan mig, men församlingen kom inte, så nu går jag till Seglora istället. Lika bra det, Djurgården är så vackert.

– Mamma, försöker Leif.

– Och så gick jag förbi en bokhandel, Hedengrens bokhandel vid Stureplan. Där såg jag en bok som hette ”Våga vara vacker!”. Som om det skulle vara en fråga om mod. Då har de inte blivit sjuttio ännu och fått kropp som en tunna. Själv undvek jag att spegla mig på hela promenaden hem...

– Alla kläderna, avbryter Johan henne och hon rycker till, i morgon tänker jag ringa kyrkan och fråga om de vill ha alltsammans.

Ett par sekunder stirrar Maria på sin son med en blick av både hat och skräck, sedan fortsätter hon med ansträngd röst:

– Det är väl självklart att vi ska ge kläderna till kyrkan, det har jag tänkt hela tiden, men först ville jag att ni skulle gå igenom alltsammans för att se vad ni ville ha, och somligt är ju passande för barnbarnen, och jag måste sortera färdigt och det har jag inte hunnit eftersom jag var tvungen att passa upp på farbror Otto...

– Mamma!

– Och flytvästarna är ju himla bra att ha om nån av ungarna skulle åka till Mörnö...

– Det finns inget hus på Mörnö att åka till.

– ...så väldigt praktiskt, jag har ju bett dem komma hit och prova, men de har väl inte haft tid. Och alla kläderna är hela och rena, det har jag nog sett till. Gud vet hur mycket jag lagt ned på tvättmedel.

– Vi är inte längre barn, försöker Leif, vi är vuxna, nästan medelålders! Ingen kommer någonsin att bära de här kläderna igen. De små små byxorna och de små små mössorna passar inte längre någon.

– Men ni vet ju inte hur det var! klagar Maria.

– Det vet vi väl, vi var själva med, suckar Leif.

– Vad vet ni? Ni vet ingenting! fräser Maria.

Sedan drar hon alltsammans från början. Hur fadern lämnat henne, förödmjukat och svikit henne, hela ramsan, hur hon stod där utan hem, hur huset på Mörnö gick på exekutiv auktion, hur hon inte ens hade pengar till att frakta kartongerna därifrån.

Hon berättar som om barnen inte själva varit med. Som om skilsmässan bara drabbat henne och ingen annan.

– Snälla mamma, vi vet! vädjar Leif.

– Nej, nu måste ni lyssna, nu är det min tur att berätta.

Och hon drar det hela från början ännu en gång. Hur fadern lämnat henne, förödmjukat och svikit henne. Samma ord, samma ramsa, samma finger som petar i samma oläkta sår.

– Det var femton år sedan, suckar Johan, man kan inte

packa i femton år.

– Advokaten sa att jag skulle slänga alltsammans i sjön! Va? Slänga allt i sjön!

Johan ser på sin mamma och försöker mäta henne, försöker förstå vem hon var och vem hon har blivit.

– Ja, kanske borde du ha gjort just det, säger han till slut, advokaten hade kanske rätt.

Det blir alldeles tyst i rummet.

Maria stirrar på Johan. Hon andas upprört genom näsan. Näsvingarna vidgas och drar ihop sig. Hon finner inte ens ord för detta förräderi. Johan försöker le. Försök inte, lille vännen, det har du ingenting för. Detta kommer hon aldrig att förlåta.

Modern spänner varje muskel i sin kropp, kryper ihop som en orm inför ett anfall.

– Ja, kanske borde jag ha gjort det, väser hon, jag vet, jag vet! Jag borde aldrig ha fött er, jag borde aldrig ha gift mig med Ernst, jag vet, jag vet! Spotta mig i ansiktet ni! Ni också! Det var fel, alltsammans var fel!

Hon sliter upp en gammal pälsmössa och försöker pressa ned den på sin skalle.

– Fel att någonsin köpa en liten mössa till lille Leif!

Hon sliter upp ett par vita byxor ur en av de andra kartongerna.

– Björns byxor! Fel att han någonsin skulle ha några byxor!

Hon slänger byxorna i väggen medan tårarna strömmar över hennes kinder. Hon rotar alltmer hysteriskt i kartongen med mössor och plockar upp en mössa med tofs.

– Och det var fel att spara på den här gamla mössan som Johan hade när han var liten, man jag tyckte kanske att det var roligt, jag tyckte kanske att det var roligt att ha barn, och att den här mössan hade öronlappar som gick ned över Johans små öron, men det borde jag aldrig ha tyckt, för det är fel! Fel!

Hon gör ett försök att slita sönder mössan. När det inte går kramar hon istället ihop den till en boll och vrider sina händer runt den.

– Inte ni, fortsätter hon och skakar på huvudet, jag hade väntat mig vilket svek som helst från vilka som helst, men inte från er. Och nu är det ni som talar om för mig att hela mitt liv är fel! Bortkastat! Misslyckat!

Hon för handen till munnen som om hon försöker hindra sig själv från att kräkas.

– Mamma!

– Det räcker nu, snälla Johan, snälla Leif. Jag har förstått. Inte mer nu! Nu vet jag vad ni tycker om mig. Det var ju tråkigt, men nu vet jag!

– Nej, snälla mamma, det är inte så. Nu får du lyssna på oss! försöker Leif.

Men Maria lyssnar inte. Hon skakar.

Hon skälver, gråter, skriker, låtsas kräkas, nyper, klöser, anklagar, hon fräser, spottar och föraktar, hon gör allt för att inte höra.

För hon vet vad de säger.

De säger att de hatar henne.

De säger att hela hennes liv är fel.

De säger att hon är en gammal ensam käring som snart ska dö och som är oförmögen att ta hand om sig själv.

Det är vad hon vet att de säger, och hon vill inte höra.

Nu gråter Leif. Snart faller väl också Johan i tårar. Hon vill inte se. De använder ord om kärlek, om hur mycket de älskar henne. Bla bla bla, tänker hon.

Snart är bara sorgen kvar.

När sönerna äntligen är färdiga säger Maria resignerat:

– Ja ja, jag måste i alla fall hinna gå igenom kartongerna, för att åtminstone veta vad de innehåller.

– För sent, mamma, det har du redan gjort.

– Jag måste övervaka...

– Nej, mamma. Det är slut nu. För vår skull. För att vi ska få gå vidare.

Därefter säger de inget mer. Leif räknar kartonger. Johan ringer till kyrkan och kommer överens om gåvan. Maria sitter med en kudde på huvudet och kniper ihop ögonen. Jag vill inte dö! tänker hon. Jag vill inte dö! Jag vill inte dö! Jag vill inte dö! Jag vill inte dö!

Hon tänker aldrig öppna ögonen igen.

88

Alldeles som Johan och Leif ska gå springer Maria efter dem.

– Vänta! ropar hon, och sönerna vänder sig om mot henne.

Sedan blir de stående, för ingen har något mer att säga. Maria vet bara att de inte får gå. Inte ännu, inte så här, inte ännu ett nederlag.

– Eh... har jag berättat att jag hittat en päls i garderoben, säger hon plötsligt och utan att tänka.

– Jo, fortsätter hon, där var en päls. Först undrade jag: vems i all världen är den här pälsen? Sen kom jag på att det var min mammas gamla.

Maria tar fram pälsen och sveper den om sig.

– Jamen nu tycker jag att jag känner igen den, säger Johan för att vara snäll.

– Det är strålande bra, för nu behöver jag inte köpa nån lätt höstkappa.

– Men den där pälsen är ju inte lätt! invänder Leif.

För ett ögonblick ser Maria förvirrad ut, som om hon kämpar med sitt tvivel, sedan petar hon på ärmen.

– Den är lite trasig i fodret i ena ärmen, men det behöver man ju inte framhäva.

Hennes blick blir plötsligt vädjande.

– Och till det kan jag ha en hatt. Den här till exempel.

Hon tar på sig en oformlig ärtgrön sak i filt.

– Den är designad, det var hon, vad hette hon, hon som gifte sig med prins Rainier och dog i en bilolycka...

– Grace Kelly.

– Det var hon som gjorde den populär. Är jag vacker? Hon kråmar sig och gör sig till som en liten flicka.

– Du ser inte klok ut.

– Visst gör jag inte! svarar hon och gapskrattar. Åh, jag har mängder med hattar numera. Alla hattar på hatthyllan är från döda. Jag tänkte att samlar jag på mig tillräckligt många hattar kommer jag aldrig att behöva köpa någon ny, för hattar ser likadana ut i alla tider. Det är över huvud taget bra att samla på avlidnas gamla kläder, slipper man köpa fel. Man använder dem ett tag, så är det bra sen. Det är mycket enkelt.

När mamman får på sig mormoderns gamla päls som är aningen för liten för henne och den där märkliga mössan som ser ut som en tehuva från femtiotalet kan inte Johan låta bli att känna ömhet.

Han vill säga något men finner inga ord. För det finns inga ord.

Han sträcker ut handen och rör vid moderns kind. Hennes hy är mjuk och len som ett barns.

Ett ögonblick verkar det som om Maria tänker börja gråta.

Sedan lägger hon sin hand på Johans, och hon ler, försiktigt och nästan ängsligt.

Ta inte bort handen! tänker hon, ta inte bort handen!

Och Johan håller kvar sin hand en liten stund.

89

Vad är förbi? skrev kusin Konrad i sitt brev till Johan: *Den intensiva viljan till bevarande.*

Varför önskade han i så fall så hett att hans mamma och Johans mamma skulle försonas? Varför bevara ett syskonskap som inte har några konsekvenser?

Helt tydligt ville han också bevara Svarttjärn i sin ägo. Vad var det han egentligen inte längre ville bevara?

Fast i grunden ger Johan kusinen rätt. De måste alla bort från den intensiva viljan till bevarande.

De måste lära sig att mista.

Kusin Konrad måste lära sig att mista en tavla på utedasset.

Johan måste lära sig att mista sina barndomshem.

Att inte hålla fast vid det man uppnått, utan släppa det som om det vore en lek. Som en fiskare som kastar abborren tillbaka i vattnet.

Den som vill behålla ska mista. Den som kastar bort ska vinna. Så står det i Bibeln.

Och långsamt lär de sig.

90

Det tar henne hela natten att gömma undan kartongerna i sovrummet. Hur de får plats är en gåta. Varifrån hon hämtar sina krafter kommer hon aldrig att förstå. Hon sliter, släpar och gråter. Det hugger som knivar i underlivet. Doktorn har förbjudit henne att bära. Hennes innanmäte faller ut. Jag vill inte dö! tänker hon.

När hon äntligen är färdig badar hon i svett som en febersjuk. Hon orkar nätt och jämnt få i sig lite vatten innan hon somnar på sängen.

Nästa dag kommer de från kyrkan och hämtar gåvan. De är lite förvånade över att det inte är mer än vad det är, men det bryr sig inte Maria om. Vad kan de göra annat än att tacka och gå.

Maria stänger dörren efter dem och rättar till kammen i håret.

Vad skulle jag ändå med så många flytvästar till, tänker hon och går in och lägger sig på sängen igen.

91

Samma kväll som Johan tog studenten var han bjuden ut på fest hos barndomskamraterna i Sollentuna. Han hade inte sett dem på de två år som gått sedan han, Leif och Maria flyttat in till Jungfrugatan.

Tillbaka i Sollentuna med vit studentmössa på huvudet. Johan vandrade på småvägarna mellan trädgårdar och villor, hammockar och svenska flaggor. Det var här som Gustafssons teg för Wendels och Wendels teg för Gustafssons.

Platsen för hans barndoms nederlag.

Vit studentmössa, vita staket, vita syrener. Gröna trädgårdar och en nästan overkligt ljusblå himmel som speglade sig i de nytvättade bilarnas lack.

Han var redan en främling här när han återsåg sina gamla lekkamrater. Petter, Janne, Jonne och de andra.

De var alla nästanvuxna nu. Färdiga. Liksom svällda. Barndomen var över.

Eller var den det?

Johan såg att Krippan var där också.

Lille lekskolekrippan, sjuårskrippan, målbrottskrippan, fjuniskrippan – Krippan – mobbad från första klass till sista. Nu stod han arm i arm med de andra pojkarna och skrek:

– Vi har tagit studenten, fy fan vad vi är bra!

Offret tillsammans med sina bödlar, full som ett ägg,

ännu fången, arm i arm med de andra – vi har tagit studenten, fy fan vad vi är bra!

Johan såg på Krippan, och Krippan såg på Johan. Johan visste att Krippan aldrig skulle göra sig fri.

Han hade redan gått under – hans gälla röst, hans ängsligt flackande blick, snart skulle han kräkas upp allt vinet, ensam någonstans ute i buskarna, och smutsa ned sin studentkostym.

Jodå, Petter, Janne, Jonne och ni andra – det där gjorde ni fan så bra!

Johan vände tvärt på klacken.

– Kan någon låna mig pengar till taxi in till stan?

– Men Johan, ska du redan gå? Du har ju just kommit.

– Jag vet, jag är ledsen. Det är en annan... fest jag lovat att komma till.

De insisterade inte. De lät honom gå. De hade släppt taget om honom för länge sedan.

– Men vi ses väl? Vi måste hålla kontakten nu! Fan Johan, vi måste hålla kontakten! sa Petter och stötte Johan i bröstet med näven.

– Så klart att vi ska. Vi är ju polare! svarade Johan och stötte med näven tillbaka.

De tystnade och tittade på varandra. Polarna. Sedan skakade de hand och dunkade rygg. Som främlingar.

Det var med en rysning av lättnad som Johan satte sig i taxin och stängde dörren om sig, han vinkade till sina kamrater och bilen for iväg.

När han gled genom förorten i taxibilen visste han att han inte skulle komma tillbaka. Färden var en sorts farväl. Sollentuna var inte längre hem. Den som vill behålla ska mista. Den som kastar bort ska finna.

Chauffören vände på huvudet för att fråga vart de skulle.

– Klara Norra Kyrkogata, sa Johan.

Hem. Där han hörde hemma.

Den natten låg han med en man som arbetade som nattvak på ett mentalsjukhus.

Johan följde med honom till hans arbete. De hade sex i personalrummet medan oroliga dårar skrek och dunkade i väggarna runt omkring. Det var fantastiskt. Det var såhär det skulle vara. Johan tänkte: Det finns ingen väg tillbaka.

Det var i mitten av juni och natten var som kortast, och det ljusnade redan när han lämnade sin tillfällige älskare. Några måsar skrek, och om bara tjugofem minuter skulle första bussen gå.

Studentmössans svettrem kliade. Först sköt han mössan bak i nacken. Sedan slängde han den ifrån sig.

Den seglade som en frisbee över den gryningstomma vägen.

92

Det regnar på en smutsgul Volvo.

I asfaltens ojämnheter bildas pölar. De kan torka bort men kommer alltid på nytt igen vid nästa regn.

Det ekar i en idrottshall.

Några flickor övar inför en dansuppvisning på kvällen.

Madonna, den föraktade och älskade. Madonna, den starka och konstiga.

Deeper and deeper.

Utanför tallar och husvagnar och regnet som faller.

På våningen ovanför konferenssalar – staplar med stolar som kanske kommer att behövas nån gång, halvt utsuddade meddelanden på en vit tavla om dagens schema någon dag snart eller för länge sedan.

Vem kan egentligen veta?

I ett hörn står en överbliven overheadapparat. Så blir vi alla överblivna.

Därför har alla mobiltelefon i bältet.

För att kunna nå varandra.

För att för tillfället hålla paniken borta.

Hallå? Är någon där? Hallå?

Deeper and deeper. Djupare och djupare ner. Mot urberget. Regnet faller mot idrottshallens korrugerade plåt, mot husvagnstaken och asfalten, mot urberget, djupare och djupare ner.

Sal 2 på övervåningen är hyrd av Johans företag för

säljkonferens.

Inte den stora salen och inte den lilla, utan sal 2 som rymmer upp till femtio personer.

Vid dörren sitter skylten ”Här röker vi inte, tack”.

På ett bord står några flaskor rumsvarma Åbro mineralvatten.

I fönstret hänger krukväxter i plast.

Snart ska Johan hålla sitt föredrag.

Entusiasmera, inspirera och sälja.

Han gick inte under när familjen mådde som sämst, som han trodde att han skulle göra.

Han blev inte konstnär, som han drömde om att bli.

Han blev säljare.

Snart ska han ta av kavajen och hänga den över stolsryggen, snart ska han ta en klunk av det ljumma mineralvattnet och säga ”Var var vi någonstans?” och fortsätta.

Men egentligen vet han inte alls var han är någonstans.

Medan hans liv förrinner, deeper and deeper, ner till urberget, till grundvattnet, till sjön långt därborta någonstans mellan Karlskoga och Örebro.

En gul skylt. Svisch och borta.

Det är okay. Det är som det är.

Johan vet inte var han är någonstans. Mer än att han är här.

Och medan vi ändå är här: Här röker vi inte.

Tack.

93

Johan betraktar ett fotografi från Studio Netzler i Strängnäs som föreställer hans föräldrar som unga.

Hans mor står till höger i förgrunden. Allvarlig, försjunken i sig själv. Ansiktet är i profil, blicken lite sorgset i fjärran. I bakgrunden till vänster hans far, som lutar sig framåt med armarna knutna över bröstet. Skjortan har uppkavlade ärmar och slipsen hänger en aning löst. Han ler inte, gör sig inte till, självsäker ser han ut, vad man nu kan avgöra.

För det är ett konstnärligt porträtt och fadern är ofokuserad. Konturerna är suddiga, hans ansikte oskarpt. Ögonen är mörka skuggor.

På så vis påminner han redan här om en gengångare, om någon som det är svårt att tydligt se.

Johan har nästan inga minnen av sin far. Ständigt viker fadern undan.

Ett enda vykort: ”Här får Du en söt kissekatt att leka med. Kram och puss från pappa.”

Vykortet föreställer en kattunge. Det är poststämplat i Karlsbo 1965 när Johan är två år gammal. Pappans handstil är stressat framåtlutad, trots att det syns att han anstränger sig att skriva tydligt till ett barn. Eftersom kortet är adresserat till Johan Gustafsson behöver fadern inte skriva ”Hej Johan”, det står ju redan att det är till pojken. En enda mening: ”Här får Du en söt kissekatt att leka med.” Inklusive avskedsfrasen blir det fjorton ord.

Det är allt Johan har.

Kissekatten är inte ens särskilt söt, men det fanns kanske inte andra vykort passande för en tvååring i Karlsbo.

Modern så, i förgrunden på fotografiet.

Maria var en mycket vacker kvinna. Här är hon ännu stark och obruten, men med blicken lite sorgset i fjärran.

Redan vid besöket hos Studio Netzler i Strängnäs stod kanske allt klart hur det skulle bli. Kanske visste de båda redan hur det skulle ända, men kunde inget göra för att förhindra det.

Från moderns ansikte utstrålar ett ljus som är fotografiets absoluta centrum.

Från fadern kommer bara skugga.

Som ett hotfullt förebud.

94

Idag är Maria utom sig av oro. Det hackar i bröstet på henne av små anklagande fåglar. Det är som om hon håller på att missa någonting, och hon vet inte vad det är. Rastlöst letar hon i kartongerna och försöker förstå vad det kan vara.

När Johan kommer till henne är hon nära gråten. Hon vet inte ens vad hon söker efter. Men hon vill inte vara en virrig käring, så hon påstår att det är en viss sorts plastlådor hon måste ha tag på.

– Jag vet att vi ska ha plastlådor någonstans, om jag bara kunde hitta dem.

Jodå, där finns felfria nya plastlådor i en av kartongerna, men för att använda dem måste man ha ett skåp, och för att ha ett skåp måste man ha ett hem att ha skåpet i. Det är inte plastlådor som fattas henne.

– Där ska finnas fönsterbräden, fortsätter hon och vill tvinga Johan att leta, vi köpte utmärkta fönsterbräden.

Och jodå, där finns felfria nya fönsterbräden i furu, men för att de ska komma till nytta måste där finnas fönster i rätt bredd, och för att ha fönster i rätt bredd måste man återigen ha ett hem. Men fönsterbräden är inte vad hon söker.

– Jag har nog sett till att det finns kvar, sånt som man kan komma att behöva.

– Jodå mamma, jag vet, suckar Johan, här finns en hel

vinda med prima antennsladd, här finns snöskovlar och halmbockar, här finns en mängd nyttiga och användbara saker.

Det är just detta med hemmet som saknas.

Det saknas rum, det saknas källare, det saknas väggar, golv och tak. Där finns inga fönster för gardinstängerna, där finns inga kökslådor för pennstumparna och gummisnoddarna, där finns inte ens en diskho för den i femton år sparade diskhoproppen, och om det funnits en diskho vore det inte ens säkert att den i femton år sparade diskhoproppen skulle passa, och där stod man sen.

– Menar du det? Ja, här finns det mesta, det måste man säga. Säga vad man vill, men det måste man säga.

Johans närvaro får oron att stillna något. Hon sätter sig i morfarsfåtöljen och torkar svetten ur pannan.

– Säga vad man vill, men det måste man, det måste man.

En efter en slutar fåglarna att hacka.

– Om du bara lät mig rensa ut och slänga.

Hon sluter ögonen, viftar undan honom med handen och ler.

– Nån annan gång. Längre fram. Det blir säkert tid till det med.

Hon tystnar och sjunker in i sig själv en stund, som om hon lyssnar inåt. Det går någon minut, sedan öppnar hon ögonen och börjar på ett nytt ämne av oändligt mycket större intresse:

– Vet du vad de tar för ett medlemskap i Moderna Museets vänner? Tvåhundrafemtio kronor. Ja, om man är senior. Det är för seniorer. Fullkomligt skamlöst. Allt jag vill är att ha tillgång till deras toalett när jag promenerar på Skeppsholmen. Men tvåhundrafemtio kronor, så ofta går jag inte på Skeppsholmen. Kan jag lika bra betala tjugo kronor varje gång. På Etnografiska Museet tar de bara etthundratjugofem. Och de har rasande välskötta toaletter.

– Det är ju mycket därför man går med, fortsätter hon med en kännares tonfall, för att få gå på toaletten. Som på Skansen. Där har de toaletten alldeles innanför entrén. Ofta går jag direkt dit, sedan direkt ut igen genom vändkorset. Undrar vad de tror om mig i kassan.

Hon skrattar på sig.

– Vad är det för tokig tant som bara går på toaletten och försvinner igen. Så tänker de kanske. De vet inte att jag har ett system. Förresten, det bästa med Etnografiska Museets vänner är att man samtidigt får fri entré till nästan alla slott i Stockholmstrakten. Så nu kan jag åka runt och kissa i hela länet. Rasande smart uträknat. Men tvåhundrafemtio kronor, det betalar jag bara inte. Nånstans måste man ju dra gränsen.

– De har stängt Moderna Museet på Skeppsholmen och flyttat in till Birger Jarlsgatan.

– Jaså, har de. Nå, lika bra det. Med de priserna!

Sedan suckar hon plötsligt och ser sig omkring i sitt vardagsrum.

– O kära nån, så onödigt! utbrister hon. Om någon bara visste hur mycket saker jag sparat för en framtid som aldrig verkar komma.

– Vad sa du?

Johan tvekar inför detta ögonblick av klarsyn. Maria ler och tar hans hand i sin, klappar den ömt.

– Jag sa: Tvåhundrafemtio kronor, där går ändå gränsen. Så sa jag. Något annat kan jag inte minnas.

95

Maria är döende. Alla människor är döende. Ibland ser hon det så tydligt, hur alla runt omkring henne är döende.

Hon minns berättelsen om en man som sa till en buddistisk munk: ”Se, där går en vacker kvinna!” och munken svarade: ”Du ser en vacker kvinna, allt jag ser är ett lik.”

Det är sant, tänker Maria med förskräckelse, allt liv är hö. Hon har börjat ana vad det betyder.

Vid tjugosju års ålder är det sista benet i människokroppen färdigväxt, sedan tar nedbrytningen vid.

Nedbrytningens tid.

Alla människor är döende, och Maria vet att hon troligen är snabbare döende än de flesta andra. Det har börjat gå utför, hon känner det. Nedför backen rullar cykeln utan bromsar. Hon minns det som om det vore igår.

Hon minns en förfärande hjälplöshet och närvaro, hur hon är fångad i en kraft utanför hennes kontroll. Som den gången hon var tio år och satt i en vagn i en bergochdalbana och hon kastades upp och ned medan hon gallskrek, och hennes skrik dränktes av de andras skratt, och ingen märkte hennes dödsskräck. Hon var alldeles ensam.

Liksom hon är ensam när hon sitter på toaletten och försöker hindra sitt innanmäte från att falla ut medan panikens svettdroppar tränger fram i hennes panna.

Liksom hon är ensam när hon ligger på sängen och

förgäves försöker bemästra smärtan genom andningsövningar.

Ensam och utan kontroll.

Nedför backen rullar cykeln. Detta är hennes minne.

Maria vill inte dö. Hon vill vända om, trots att det är omöjligt.

Jag har haft ett rikt liv, försöker hon trösta sig, men vet att hon vill ha mer.

Maria kommer från en familj där man inte skulle vara rädd för döden. Pastorn i församlingen sa om de döda att de kallats hem. Att få komma hem var något att glädjas åt och se fram emot. Tillsammans med sina syskon och föräldrar sjöng hon att det fanns glädje bortom graven och en framtid full av sång, men allteftersom åren gått har hon förstått att hon inte alls vill dö, hur mycket glädje som än väntar på andra sidan.

Ändå dör hon.

Hennes döende är en lång, utdragen och plågsam process som förödmjukar henne alltmer. Döendet gör lite som det vill med henne.

Plötsligt stjäl det hennes minne, i nästa stund gör det henne trött och långsam. En dag kan hon inte komma ihåg namnet på filmen hon såg på TV kvällen innan, lite senare anfaller döendet på flera fronter samtidigt och förlamar henne i sidan så att hon måste åka in på akuten, sliter i hennes tarmar så hon skriker av smärta, inflammerar hennes ögon så hon inte kan se, tar hennes tänder som hade hon skörbjugg, förvirrar hennes hjärna så hon svamlar och famlar mellan verklighet och vansinne.

Hon förlorar greppet, hon tappar taget, en kraft utanför hennes kontroll har henne i sitt våld. Nedför backen rusar cykeln utan bromsar.

Hjulen studsar mot stenläggningen. Farten ökar. Från

vänster genskjuter en bil. Hinner inte stanna, hinner inte tänka. Det går så snabbt.

Maria ser att himlen är blå. Himlen är så vidunderligt blå. Att hon aldrig tänkt på det förut. Ljuset är ljuvligt, och det är gott för ögonen att få se solen.

Hon är fem år och sitter på en cykel utan bromsar, allt hastigare rusar cykeln nedför backen.

Hon är tio år och åker bergochdalbana på Tivoli i Köpenhamn, kastas upp och ned medan hon skriker av skräck.

Hon är tolv år och hennes pappa sjunger för henne, trots att hon egentligen är för gammal för barnsligheter: "Jag satte glasögon på min näsa, för att se om jag kunde läsa..."

Hon är trettio år och föder sitt första barn. Arton år senare ska hon bli slagen sönder och samman av detta barn, som då är en tandlös knarkare, men det vet hon inte ännu, inte än på länge.

Hon är femtiofem år och firar en bitter silverbröllopsdag i en portvaktslägenhet på Jungfrugatan tillsammans med sina två yngsta barn. De äter räktårta och dricker vin. Maten växer i munnen på henne, vinet går inte att svälja.

Hon är tjugofem år och flyttar ihop med sin älskade och har hela livet framför sig. Hon ska aldrig bli gammal och aldrig dö, det här är de bästa åren i hennes liv.

Hon är drygt sextio när hennes syskon säljer det sista hon har kvar, huset vid Svarttjärn, och hon förstår att hon inte har några syskon längre.

Hon är femton år och sitter med sin far i trädgården medan älvorna dansar för dem på sjön. Fadern ligger med ögonen slutna men öppnar dem ibland och ser kärleksfullt på henne, hon passar på de ögonblicken, för de är de vackraste hon vet.

Hon är tolv år och en frikyrkokör sjunger "Vad hjälper det en människa om hon vinner hela världen men förlorar sin själ!" och hon tänker att hon måste minnas detta som det viktigaste.

Hon är sjuttio år och har förlorat allt men vill inte dö. Vad som helst men inte dö. Långsamt och envist går hon sin dagliga promenad. I timme efter timme. Hon går och går. Långsamt, envist. Framåt. Runt, runt.

Ibland ser hon någon gamling på stan och hon tänker: Stackars stackars gamling! Sedan får hon syn på sig själv i ett skyltfönster och ser att hon är äldre ändå.

Det går inte att förstå.

Eller hur vacker himlen är, så vidunderligt intensivt blå.

96

Riva sönder har sin tid, och sy ihop har sin tid. Tiga har sin tid, och tala har sin tid. Förvara har sin tid, och kasta bort har sin tid.

Orden kommer till henne ur hennes minnens djup. Predikaren, som hennes far läste högt ur för familjen när han själv behövde tröst, den vise kung Salomo.

Bryta ned har sin tid.

Så slogs hennes värld sönder och kunde inte fogas samman på nytt. De olika delarna drev som isflak omkring på ett kallt, nyöppnat hav.

Där var åren när barnen var små, åren hon och Ernst kämpade med studielån och dålig ekonomi. Där var den egna barndomen med faderns sjukdom och Jesus Kristus som sa: ”Vad hjälper det en människa om hon vinner hela världen men förlorar sin själ.” Där var åren när kriget stängde gränserna, och åren när freden öppnade dem igen. Där var helvetesåren med Björns knarkande och skilsmässan, oläkta sår som trängde ända ned till hjärtat, omgärdade av höga stängsel. Där var de sista femton åren – åren med kartongerna då hon åldrades och blev till en tant, åren som var dyningarna efter stormen.

Det som varit hennes liv kommer till henne. Där är sorgen och glädjen och den svarta, svarta smärtan, alla de delar av vilka hennes liv bestått.

Det hon välkomnar, och det hon vill vända sig ifrån.

Det blev som det blev, och nu är det så.
Här är hon nu. Vad är hon nu?
Kämpar med samma saker som andra äldre kvinnor: framfall och åderbråck, ensamheten med tickande klockor, att få pengarna att räcka sista veckan före pension – inte har hon det värre än de flesta andra.
Varje kväll somnar hon framför TV:n, vaknar med ett ryck och ropar: "Pappa?"
Ropar: "Björn? Johan? Leif?"
Ropar: "Ernst?"
Hon åkallar dem, är i varje ögonblick beredd att skynda till deras hjälp, men de är inte längre där. De behöver henne inte mer.
TV:n brusar, det är natt, hon tar sig till sängen för att fortsätta sova.
I sina drömmar är hon ibland på Svarttjärn, ibland på Mörnö, ibland ute i förortsvillan.
Det är vår, det är sommar, barnen är små, fåglarna sjunger, solen lyser in på parketten, fadern sitter upp i sängen i sitt arbetsrum och skriver, barnen badar i Svarttjärn, hennes man kommer in i rummet och ler mot henne. Han är ung och vacker, och de är villkorslöst älskande.
– Jaså det är här du är, säger han.
– Ja, svarar hon, det är här jag är.
Så vaknar hon och är åter bland kartongerna på Jungfrugatan.
Som luckor i en kalender som öppnas och stängs.
Som fönster, i ett övergivet hus, som slår i vinden.
Som bitar i ett pussel där några av bitarna alltid ska fattas.
Som ljus som slås på och av.
Som ljus som slås på och av.

97

Bortom Jeriko ligger det berg uppå vilket Kristus blev förd av djävulen för att frestas.

Frestelsernas berg.

I berget finns ett kloster, och i klostret bor ännu några munkar, i några smutsiga små rum, mittemellan himmel och jord.

I varje ögonblick av sitt liv måste de välja.

Inget vore enklare för dem att göra slut på än lidandet – luta sig ut över räcket, lite för långt, och allt vore över.

Ändå fortsätter de.

Lever kvar.

Trots allt.